さよならの向う側

清水晴木

Haruki Shimizu

Goodbye, My Dear

MICRO MAGAZINE

さよならの向う側

清水晴木

目次

Contents

第一話 Heroes …… 5
第二話 放蕩息子 …… 59
第三話 わがままなあなた …… 103
第四話 サヨナラの向う側 …… 139
最終話 長い間 …… 205

登場人物

Character

桜庭彩子《さくらばあやこ》……………中学校理科教師。

山脇浩一《やまわきひろかず》……………酒と怪獣映画好き。

伊勢谷幸太郎《いせやこうたろう》……………散歩と昼寝好き。

神楽美咲《かぐらみさき》……………アーティスト。「ペイパーバック」のボーカル。

谷口健司《たにぐちけんじ》……………郵便局員。

第一話 Heroes

「あなたが、最後に会いたい人は誰ですか？」

桜庭彩子《さくらばあやこ》が深い眠りから覚めた時、目の前に立つ男がそう言った。

彩子はその質問に答えない。というか答えられなかった。今自分の身に起こっている状況を整理するのに精いっぱいだったからだ。

「ここが、どこか分かりますか？」

彩子の想いをすぐに悟ったのか、男は柔らかな口調のまま質問だけを変える。彩子は周りを見回した。目の前には乳白色の何もない空間が広がっている。今までに決して訪れたことのない、まるでここだけぽっかりと穴が空いたかのような場所だ。

そんな中に、彩子と男の二人だけがいる。

そして、男は先ほどの質問の答えを自ら口にした。

「ここは、『さよならの向う側』です」

「さよならの向う側……」

彩子は、ただ言葉を繰り返す。

「そして、私はここの『案内人』です」

「案内人……」

彩子は何か思い浮かんだ言葉を言うでもなく、ただ単純にまた繰り返す。

そうやって反芻することで理解に努めようとしていた。

なぜ、私はここにいるのか。

さよならの向う側って一体なんなのか。

それに、案内人とは……。

でも、そこまで考えてからあることを思い出した。

「あっ、私……」

唯一理解していたのは、その事実──。

「死んじゃったんだよね」

案内人が、ゆっくりと頷く。

◆

「彩子さんが亡くなってから既に一週間が経過しています。そして、このさよならの向う側を彩子さんが訪れることになったのは、『最後の再会』があなたには残されているからです」

目の前の案内人の言葉に彩子は、要領を得ないというように首を傾げた。

「……最後の再会？　……あの、さっきから『さよならの向う側』だとか『案内人』だとか言われても何がなんだか分からないんだけど」

彩子の戸惑いを見て取り、案内人はハッとして、すぐに頭を下げる。

「すみません、説明が性急になってしまいましたね。懇切丁寧ゆっくりな案内がモットーの私としたことが失礼致しました」

そう言ってから案内人はジャケットの胸ポケットに手を伸ばす。何が出てくるのかと一瞬彩子は身構えたが、案内人が微笑《ほほえ》みながら取り出したのは意外なものだった。

「先に一息つきましょう」

缶コーヒーだ。しかもこの関東《かんとう》地域、特に千葉《ちば》県や茨城《いばらき》県に住む人にとっては馴染み深い黄色の缶のジョージア・マックスコーヒー。通称マッカンだ。

「……どうも」

蓋を開けて口に運ぶと甘さがいっぱいに広がる。この甘味こそマックスコーヒーの最大の特徴。彩子自身も飲みなれたものを口にして落ち着きを取り戻した気がした。

そして今一度、目の前の案内人を観察するように見つめる。柔らかな物腰、穏やかな口調。すらりと伸びた背恰好に、目じりの下がった、人の好《よ》さそうな瞳。確かに死者を導く立場としては、死神というよりは、案内人と呼ばれる方が相応《ふさわ》しい気もする。

特徴的なのはその銀色にも似た真っ白な髪の毛だけど、顔を覗くと見た目は、三十歳の自分と変わらないように思える。でも、さよならの向う側の案内人とやらに年齢なんて概念があるのかは分からない。

そしてその案内人が、マックスコーヒーを一口飲んでから彩子に言った。

「勇敢な最期だったと思いますよ」

突然の誉め言葉を受けた訳だが、彩子にとってはそれは満足な言葉でもなかった。

「……勇敢、というか無謀、いや、それよりもはっきり馬鹿と言ってもらってもかまわないわよ」

「馬鹿だなんてとんでもない、むしろヒーローだったと思いますよ」

「ヒーロー、ね……」

ヒーロー、とまで言われても彩子の胸にはなんの感慨も湧かなかった。自らの最後の行動は強い正義感に突き動かされた訳でもない。体が勝手に反応してしまっただけだ。本当に自分がこんな形で死を迎えるなんて、あの瞬間までは思ってもみなかった。

彩子が救ったのは、道路に飛び出した子犬。しかも、自分の飼い犬という訳でもなかった。夕飯の買い物帰りに、小学生の男の子が散歩させていた子犬が、目の前で道路に飛び出したのだ。迫りくるトラックから子犬の命を救うことはできた。でも、自らの命は失った。

薄れゆく意識の中で彩子が最後にその瞳に捉えたのは、泣いている男の子と子犬。

男の子の泣き顔が、最愛の息子に重なる。

桜庭優太《ゆうた》。

まだ四歳の幼子。ランドセルを背負う姿を見ることもかなわないまま、あっちの世界に置いてきてしまった。夫の宏隆《ひろたか》と共に――。

「……ごちそうさま」

最後の晩餐、でもないか。と思いながら彩子はマックスコーヒーを飲み干す。けれどまだ案内人は半分以上残しているようだ。

「ずいぶんゆっくり飲むのね」

彩子がそう言うと、案内人は「ゆっくりといいますか」と言ってから、もう一度コーヒーに口をつけて「味わって飲んでいるんです」と答えた。

そう言われると、なんだか一気飲みしてしまった彩子は気恥ずかしくも感じる。別に何か間違ったことをした訳でもないけれど。

「あぁ今日も美味《おい》しかった」

案内人が最後の一口を流し込んでそう言った。今日も、という言葉が彩子は少しだけ気になったが、案内人は本当にマックスコーヒーが好きだ、ということだけは伝わってきた。

「一息ついたことだし、さっき言ってた、私に残されている『最後の再会』というものについて聞きたいんだけどいいかしら？」

冷静に質問を繰り出した彩子を見て、意外そうな反応を見せたのは案内人の方だった。

「彩子さんは、随分落ち着きを取り戻すのが早いですね。ここを訪れた人は、もっとショックで泣き続ける方も多いんですよ」

「そうなの？」

「ええ、自分の死を受け入れられずに、私に向かって大声をあげたり、憤って缶コーヒーを投げつけてきた方もいましたしね」

案内人の言葉に、彩子は小さく頷いてから言った。

「まあ、その気持ちは分かるわ。私も落ち着いてるようには見えても、もちろんショックはショックだから」

彩子にとって本音だった。ただ、もう割り切ってしまった部分もある。

「……でもね、死ぬのは確かに怖かったけど、死んだことは別に怖くないの。そういうものじゃない？　もうどうしようもないことだし。ほら、運動会の徒競走みたいなものよ。始まる前は心臓がどきどきして嫌で嫌で仕方ないけど、スターターピストルが鳴って始まってしまえばどうってことない。終わった後は応援に来ている親の姿を探す余裕もあるくらいにね」

「彩子さんはとても理性的な方なんですね」

「こう見えても中学校の理科の教師なの」

「どうりで、お話が分かりやすいと思いました」

ただ、こうやって冷静に説明をしてみても、自分が死んだという事実だけをひたすら思い詰めて考えれば数分も経たぬ内に胸が潰れてしまう気はする。自分自身、思考を割り切ることで直接的に考えないようにしているのかもしれない。まさかこんな突然の幕切れだとは思わなかった。

これまで真面目に生きてきたつもりだ。学生時代はそれなりに勉強をして、親に負担をかけないようにと奨学金を借りて、バイト代も学費に充てた。大学の教育学部を卒業し、学生の頃から目指していた教師になって勤続八年。まだ働き盛り。ようやく仕事を楽しむ余裕が出てきたところでもある。私生活もそれなりに順調だった。大学の天文サークルで出会った宏隆との結婚生活も五年になる。でも、突然終止符が打たれてしまった。こんな結末を迎えるなんて思ってもみなかった。

あまりにも短い、三十年。

その最後は、想像もしていなかった、子犬をかばっての交通事故――。

夫と息子に、さよならも言えなかった。

「……ねえ案内人さん」

胸の奥に渦巻く想いを打ち消すように言葉を口にした。今は無理にでも前を向いていた方が気は楽だ。自転車だって地面に足をつくことができないなら、止まっているよりも前に進んでいる方がいい。そうやって彩子は自分に言い聞かせていた。

今だって、ほんの少しの希望はある。それは案内人が口にした『最後の再会』という言葉だ。

その言葉をそのまま受け取るなら、誰かにもう一度会えるということになる。つまり、優太と宏隆に会えるかもしれない。説明を急いだのは、その希望にすがっていただけだ。お願いだから、その先に灯る光を消さないで、と——。

「……最後の再会について、教えて」

彩子の言葉に、コクリと頷いてから案内人が答える。

「最後の再会とは、亡くなってからこのさよならの向う側を訪れた人が、現世の人ともう一度会う時間を与えられるものです。時間は二十四時間、つまり丸一日の時間が彩子さんに与えられます」

「もう一度、会える……丸一日も……」

希望の光が爛々と輝きを増す。予想していたことは間違っていなかった。それどころか想像よりも残っている時間は多かった。彩子の脳裏にもう一度優太と宏隆の顔が浮かぶ。

「ええ、他の人からも彩子さんの存在はちゃんと分かりますし、触れることも、話すこともできます。見た目にも生前となんの違いもありません」

でも、そこまで流暢に喋っていた案内人の顔が曇る。

「……ただ、条件があります」

その言葉を聞いた時、彩子の胸の内に灯っていた光がわずかに揺らいだ。

「現世で会うことができるのは、『彩子さんが死んだことをまだ知らない人だけ』なんです」

そして光は、ふっと消えてしまう。

◆

「……そんなのってあり？　だって私の死から一週間が経ってたら当然、葬儀だって済んでるでしょ。だとしたら現世に戻る最後の再会の時間がいくらあっても、家族はもちろん、友人、その他の知り合いに至るまでほとんど会えないってことじゃない」

彩子の言葉に、案内人も申し訳なさそうに頷くしかなかった。彩子は憤りを隠せないまま言葉を続ける。

「……神様はどこまで意地が悪いのよ。なんで会いたい人に会っちゃいけない訳？　現世に戻ったとしても自分が心から会いたいと思える大切な人に会えないなんて、そんなのまるで意味がないじゃない」

「……本当に、その通りだと思います。すみません」

案内人の表情は複雑だ。誰かの代わりに謝っているような、それでいて自分自身も憤りを抱えているような、そんな表情。

その顔色を見て、彩子は、案内人がこの非情なルールを決めている訳ではないのだと理解する。きっと、ただ単にそういうものなのだ。納得して受け入れることしか許されていないこの世の理《ことわり》のようなもの。

「なぜ、こんなルールが設けられているかということについてですが……」

案内人がせめてもの慰めのつもりか説明を始めた。

「人は二度死ぬ。現世で亡くなった時、そして人から忘れられた時。こんな言葉をどこかで聞いたことはありませんか？」

「……確かに似たような言葉を聞いたことはあるけど」

「この言葉は非常に的を射ているんです。というのも今の彩子さんは、現世に実体をもっていない、とても朧《おぼろ》げな存在で、他者の記憶や認識によってぎりぎりその姿が保たれているんです。だからこそ、もしも彩子さんの死を既に知っている他者が、亡くなったはずの彩子さんと出会ってしまった場合、『彩子さんが現世に存在する訳がない！』、そう強く思ってしまいます。その瞬間に人の記憶や認識に大きなズレが生じて、彩子さんはその姿を現世では保っていられなくなってしまうんです」

「……それって、もしも私の死を知っている家族とかに会ったら、その瞬間に現世から消えていなくなってここに強制的に戻されちゃうってこと？」

「そうですね。実際に、自分の死を知る相手に無理に会って、一瞬だけ姿を現して消えてなくなった方もいらっしゃいますし」

「……それっていわゆる幽霊扱いじゃないの？　心霊現象的な」

「その通りです」

「そういうことだったのね……」

そう言われて彩子は、自身が抱えていたさまざまな疑問に納得がいってしまった。亡くなった人間が現世の人と会えるなんてことが現実で起こったら大問題になるだろうが、この最後の再会に設けられたルールの通りなら話は別だ。大きな問題が現世で発生していないのも、自分の死をまだ知らない人にしか会えないという制約があったからで、一瞬だけ姿を現して消えた人たちも、亡くなった祖父が枕元に立っていたとか、よく聞く類の話として説明できることになる。

自分が理系だからとか、そんな単純なくくりで分けるのは好きではないが、自分の中でも納得のいく論理が立って、彩子は初めてこの、さよならの向う側から最後の再会に至るまでの話を信じる気になった。特売セールのデニムに「実は見えないところに織り傷があるんですよ」と説明を受けた気分と似ている。腑に落ちたのだ。ちゃんとデメリットも提示された方が安心して買うことができる。

「でも、じゃあ……」

ただ、先は見えない。

「……私は最後に、誰に会いに行けばいいの？」

家族や親族、そして仲の良い友人に至るまで、亡くなったことは知られているはずだ。葬儀の知らせすらしていないような人に会いに行こうとも思えないし、相手だって来てもらっても困るに違いない。

会いたい人は決まっている。

でも、その大切な人たちに会うことはかなわない。

だから、誰か他の人を思い浮かべなければいけない。

彩子は必死で考える。脳内を検索する。

私の会いたい人――。

「……やっぱり私は、家族に会いたい」

彩子には、そのことしか思い浮かばなかった。

特に気がかりなのは、息子の優太だ。まだ四歳。甘えたい盛り。そして彩子にとっても、何よりも大切な存在だった。

彩子の様子を見て、案内人が一つの提案をした。

「彩子さんがこの世界にいる、というのが相手にバレてしまうのが一番避けなければいけない事態なので、変装をして自分だと気づかれないようにすれば、会うことも可能ではありますが……」

「……でも、変装っていったって、私だと正体を明かせないんじゃ意味がないわ。他人の振りをしたままでは、この手に優太を抱くこともできないでしょ？　私、まだあの子にちゃんとお別れも言えていないのに……」

「……優太君とは、お子さんのことですね」

「あなたには既に私の家族のことは知られているのね」

「ええ、ここを訪れる人の多少の情報は……」

「……生まれる前ね、本当は優太には勇気の勇って字を使おうとしていたの」

「そうだったんですね。そこまでの情報は知りませんでした」

「……でも、あの子をこの腕に抱いた瞬間、気持ちが変わったの」

　優しい子に育ってほしい。人の痛みが分かる、心の温かい子に育ってほしい。そう思って『優』の字にした。そしてその字の通りに、優太は優しい子に育った。ただ、心配なこともあった。常日頃から自己主張の少ない子で、同い歳の子は、あれがしたい、これがしたいと、駄々をこねていたが、優太はそんなこともなかった。というか、親の彩子と宏隆が心配するくらいに何事にもあまり興味を持たない子だった。水泳や英会話、ピアノの体験授業も受けさせてみたが、全然興味を示さず、「また行く？」と尋ねると「だいじょうぶ」とだけ答えて、もう行くことはなかった。

どこで覚えたのか分からないけど、この「だいじょうぶ」というのは優太の最近の口癖だ。そしてこの言葉は、いつも否定の意味だけで使われる。だから彩子は、優太が「だいじょうぶ」と口にするたびに、大丈夫ではない気持ちにさせられた。

「会いたいのはご家族の方だけですか……」

案内人もそう呟くだけだった。彩子が期待するような救済のアイディアを出してはくれない。そこで、彩子はあることを尋ねる。

「……変装して気づかれないように会うのがセーフならば、例えば家族の前に姿を見せないようにして、ただその様子を遠くから見るだけってのもルールの範囲内?」

苦肉の策だ。でも、今の彩子に思いつくのはこれくらいのことしかなかった。

「ええ、それならもちろん相手の認識は何も変わりませんし、可能です。ただ、誰とも再会しなくても、残りの二十四時間は現世に戻った瞬間に進んでいってしまいますよ。それに先ほど言った通り、現世に戻れば彩子さんの姿は周りの方となんら変わりないので、家族以外でも彩子さんの死を知る方に偶然会った場合、その時点で最後の再会は終了となってしまいます」

それでも悩む必要はなかった。

「かまわないわ」

ただ、家族に会いたかった。

たとえ、最後のお別れの言葉を一言も言えなくても、その顔がもう一度見たかったのだ。

「分かりました。そうしましょう。実際に会う方は現世に戻ってから時間内にちゃんと決めてください」

そこで、仕切り直したように案内人が「それでは……」と口にする。これでようやく準備ができたのだろうか。案内人が胸ポケットに手を突っ込む。何か現世へ案内するための不思議なアイテムでも出てくるのだろうかと彩子は想像した。

でも、その期待は見事に裏切られた。

「出発前に、最後の一息を入れますか？」

案内人は、またマックスコーヒーを取り出しただけだった。

「休憩はもう充分。急いで、思い立ったが吉日よ」

「待てば海路の日和あり、ともいいますけどね」

「善は急げ、とも言うわ」

「急がば回れ、とも……」

「先んずれば人を制す、とも言うわ」

一歩も引かない姿勢を見せると、案内人が先に閉口した。

「……彩子さんって、本当に理科の教師ですか？」

「理科の次に国語が得意だったの」

そう言うと案内人は、もう降参ですといった感じで、取り出したマックスコーヒーを胸ポケットにしまった。

彩子からしたら、この案内人は穏やかというのを通り越して牧歌的な人に思えた。時間が過ぎさるのも忘れそうなこの何もない空間で過ごしている内に、そうなったのだろうか。そして、浮かぶのはもう一つの疑問。この人、どれだけ甘党なんだろうか。マックスコーヒーを二本立て続けに飲もうとするなんて相当甘いもの好きな証拠だ。

「それでは桜庭彩子さん。現世に戻りましょう」

そんな彩子の気も知らずに、案内人がパチンッと小気味よく指を鳴らすと、何もない空間の中に扉が浮かび上がった。

木製の、どこか古びた扉だ。

人が一人ちょうど通れるくらいのサイズ。

見てくれはなんの変哲もないように見えるが、この乳白色の空間の中に浮かび上がる姿はどこかアンバランスであり、これからお伽話《とぎばなし》か何かが始まるのではないかと感じさせた。

「それでは、ご案内致します」

案内人が、どうぞ、と扉の前へ促す。

彩子は迷うことなく、扉に手をかけて一歩を踏み出した。

その瞬間に、真っ白な光が彩子の体を包み込む——。

眩しい。最初にそう感じた。日差しだ。空を見上げると抜けるような青空が広がっている。

それに、地面。手をついていた。匂いがする。土の香り、ひまわりの花。それから音がついてきた。蝉の声。エアコンの室外機の音。

なぜかは分からないけど、そんな感覚を通して私は現世に戻ってきたんだと確信した。それにしても、ここはどこだろうか……。

「えっ」

すぐに答えは出た。傍の窓から離れて咄嗟《とっさ》に身を隠す。

――私の家だ。

それも庭。リビングとは目と鼻の先の距離。よりによってあの案内人さんも、いきなりこんな所に戻さなくてもいいのに。これで万が一、優太や夫に見つかったらすべてがパアだ。

一瞬にして元の空間に戻されておしまいになる。ここからは気をつけないと……。

一度、深呼吸をした。そうやって自分を落ち着ける。大丈夫、まずは様子を見るだけだ。

最初は慎重にいこう。周りに人がいないかを確かめながら、徐々に家の中の様子を窺うことにする。

目の前にあるのは網戸がはまった窓枠。その斜め下から家の中を覗き込むことに決めた。しかし、私は思っていたよりも早く、ずっと願っていた光景を瞳に捉えた。カーテンの隙間から見えたのは――。

「優太……」

優太がいた。一人でブロックのおもちゃで遊んでいる。何かを完成しようとしている訳でもなく、ただ淡々とブロックを積みあげている。

それから七個、八個と積みあがったところで音を立ててブロックが崩れた。優太は声をあげる様子もない。床に転がったブロックをまた一個ずつ拾い集め始める。

部屋の隅にはサイバーレッドの人形が転がっている。あれは、唯一と言っていいかもしれない、優太が夢中になったものだった。乗り物酔いが酷かったためか、男の子がよく興味を示す乗り物なんかには無関心。でも優太はヒーローに憧れた。服は赤色のものを好んで着るようになり、クリスマスプレゼントにせがんだのが、あの人形だった。

人形を買った当初は毎日抱きしめて眠りにつき、目覚めと共に自分の寝相によって行方をくらましたその姿を捜していた。けど今は、興味も薄れてしまったのかもしれない。ヒーローは部屋の片隅で床に伏せている。優太もねずみ色のTシャツを着ていた。

そんな時、どうしても会いたかったもう一人の相手がリビングに姿を現す。

「……優太、今日は何か食べたいものあるか？」

――宏隆だ。ほんの少し頬がこけたようにも見える。

それから、指先に巻かれた包帯に目がいく。そういえばテーブルの上には裁縫箱があった。幼稚園の何かの行事で必要になったのかもしれない。慣れない裁縫まで、宏隆は始めたのだろうか。

私の死は、本当に突然のことだった。宏隆にもひどく心労をかけたに違いない。他人のペットを助けるために死んでしまうなんて、ぶつけたい文句が山のようにあるかもしれない。

もしも私が今、宏隆の目の前に姿を現せるなら、最初に言いたい言葉はなんだろうか。

すぐに思いついたのは、「ごめんね」という謝罪の一言。

どれだけ謝っても足りないけど、そう伝えるしかない。

できることなら今すぐ目の前でその言葉を告げたかった。

でも、それすらもかなわない。

どうしてだろう。さっきまではそれほどでもなかったのに、今はどうしようもないくらいに胸の奥が痛む。朧げな実体のはずなのに、痛みはそれ相応に体の芯に響いた。

「……なに、たべたいかな？」

優太が、宏隆の質問に質問で返した。

というよりもそれは呟きに近かった。

「……おかあさんは、なにたべたいかな？」

「優太……」

宏隆がそう言葉を漏らしたのと同じタイミングで、私もその名前を呼んだ。

「……おかあさんは、ちょっと遠くに行っちゃったからね」

「とおく？」

「うん」

宏隆が優太を抱き上げる。

「おかあさんは遠くの星に行っちゃったんだ。でも、いつも優太のことを見守ってくれているからね」

宏隆が優太の背中を優しく撫でる。絵本を読み聞かせているような言い方だ。

優太は、うんと小さく頷く。

星になった、ではなく、遠くの星に行った——。

宏隆らしい説明だと思う。大学時代を思い出した。あの頃は天体望遠鏡から遠方の星を眺めては、未知の生物の妄想に耽って語り明かしたりもした。

優太が生まれてから三人で大網《おおあみ》の白里《しらさと》海岸に星を眺めに行ったこともある。この幕張《まくはり》から千葉東金《とうがね》道路に乗れば一時間もかからずに行けるからだ。

そういえば、あの日は雨が降ってしまったんだ。優太がぐずって泣き出して、宏隆もどこか不満げな顔をしていて、でも、それすらも今となってはかけがえのない思い出の一つで……。

「よしっ、それじゃあ今日は奮発して焼肉でも食べに行くか。ステーキでもいいぞ」

宏隆が、さっきまでとは声のトーンをパッと変えて提案する。

「だいじょうぶ。ハンバーガーとかでいいよ」

優太がいつもの口癖でそう言うと、宏隆はわしわしと優太の頭を撫でまわした。

「……そしたらアメリカから日本初上陸の超話題のハンバーガー屋に連れてってやる」

宏隆が優太をきつく抱きしめる。

「良かったね、優太……」

どうして、なんで私はあそこにいないんだろう。

今すぐに駆け寄りたい。

そして二人を抱きしめたい。

二人までの距離は手が届くほど近いはずなのに、果てしないほど遠い。

会うこともできないのに自宅に戻ってきたのは、やっぱり間違っていただろうか。

こんなにも近くにいるのにわずか一言話すのもままならないなんて、まるで私だけが危険なウイルスにでも感染しているかのようだ。

現世に戻ってこられたのに、大切な人に会うこともできないこの世界は、こんなにも苦しいものなのか――。

「宏隆、優太……、ごめんね……」

涙がぽたぽたとこぼれ落ちる。

ごめんなんて容易《たやす》い言葉で済まされない想いが、涙になって溢れ出た気がした。

○

「……ちょっとさ、案内人さん、あれはないいんじゃないのかな？」

「えっ、なんのことですか。でも、とりあえずすみません」

「内容を聞くよりも先に謝るのもどうかと思うんだけど。しかも、とりあえずって」

「先んずれば人を制す、ってさっき教わりましたから」

そう言って案内人さんがにっこり笑う。文句をつけようと思っていたのに、そんな飄々《ひょうひょう》とした返事にすっかり毒気を抜かれてしまう。でも今は、悲しみも一緒に吸い取ってくれる気がして、そんな軽口の方が気が紛れた。

「……もう、さっき現世に戻された場所がいきなり家の庭だったから、もしもあれで宏隆か優太にすぐ見つかってたら、それで一発アウトだったんだけどどうしてくれるのよ、私の最後の再会が台無しになるところだったじゃない。って文句つけようと思ったんだけどやめておくわ」

「全然文句やめてないじゃないですか」

たしかに。

やっぱり毒気だけはまだ残っていた。

「次は、ちゃんとしてよね」

「そのために今度はここまでちゃんと歩いてきたんじゃないですか。たまにはゆっくり散歩するのもいいものですね」

のんびりした口調で案内人さんは言った。たまには、とか言ってるけど、きっとほぼ毎日ゆっくり散歩したい人のはずだろう。でも私も慎重にいきたいという想いは一緒だ。

私は自宅を後にしてから案内人さんに、ある人物がいる場所へ案内してもらっていた。

「ここね……」

目の前にあるのは、総武《そうぶ》線の幕張駅からほど近い場所にある一棟のマンション。ここに、私が家族以外で会いたいと思える人がいた。

「石橋信良《いしばしのぶよし》さんは、彩子さんの中学の時の担任の先生だったんですね」

「そう、私が中学校の教師になろうと思ったきっかけの人。本当に私にとっての理想の先生で、当時の私を救ってくれたのが石橋先生だった……」

——よくある話、かもしれない。中学生といえば思春期の中でも一番難しい時期だ。この頃の女の子は、しゃぼんだまのように繊細で、ガラスの破片のように尖った一面を持っていたりもする。いじめに近い行為が、週が変わるごとに人を変えて行われていた。

そんな行為がバトンを繋ぐようにして私の親友まで回ってきたのは、ある二年の夏休みの前のこと。いじめといっても、殴る蹴るといった暴力的なものではない。むしろ関わらないのだ。存在がなくなったように無視をする。かと思えば遠くで耳打ちをしてから意味ありげに含み笑いする。その笑みの理由は分からない。一種のゲーム性のようなものも帯びているから、やっている方は気分が良いのだろう。しかし、やられる方はたまらない。ストレス、なんて単純な四文字で片付けることはできない。そして、その刃が親友に向いたとなったら……。

私は、言うなればその刃に歯向かった。この悪しきバトンを、慣習を断ち切らねばいけないと思った。

ただ、一介の女子中学生にできることなんて限られている。女子のグループの中で少数派に回った人間に待っているものは残酷だ。ターゲットは一週間を待たずして私になった。バトンが回ってきた。次の走者は待っていないし、私も渡す気はない。意地だ。負けん気と正義感は、昔から強かった。でも挫けそうになった。バトンを前に戻す訳にもいかないから親友に相談をすることもできない。そんな中で現れたのが石橋先生だった。

この事態に気づくや否や、その最前線に立って問題を解決してくれた。こういうケースは大人が出てきて悪化したりすることもあるが、そういう面でベテラン教師である石橋先生は流石だった。間に入って、当事者同士の関係性を明確にしたり、事態を悪化させないルール作りをしたりして、解決へと導いてくれた。

石橋先生は私にとってのヒーローで、そんな私が中学校の教師を目指すようになったのは当然のことだった。

きっと今の私にも何か言葉をかけてくれるはず。こんな、もう死んでしまった私にも——。

「十年ぶりくらいだから、石橋先生もびっくりするだろうなあ」

期待半分、緊張半分。

どんな話をしよう。私が教師になったのは知っているはずだけど、結婚したことや、子供が生まれたことはまだ知らないはずだ。

なんだかこの最後の再会で初めて、胸が高鳴るような気分になっている自分がいる。

——でも結局その後、石橋先生に会うことはかなわなかったのだけれど。

○

思ってもみなかった。

想像の範疇《はんちゅう》外にあったのかもしれない。けど、よく考えてみればありえたのだろうか。

「……父が亡くなったのは、二年前です」

私が仏壇の遺影に手を合わせ終えると、石橋先生の娘さんがそう言った。

先生は既に亡くなっていたのだ。

それも二年前に。

私は何も知らなかった。

「川で溺れた子供を助けに行ったんです……」

「先生が、子供を……」

この空間の中でたった一人だけ笑顔の、遺影の中の先生。

娘さんはそんな先生を見つめながら言葉を続ける。

「日課の河川敷での散歩をしていた父が、大声をあげて騒いでいる子供たちを見かけて駆け寄ると、そこに溺れていた子がいたみたいで……」

娘さんの声のトーンがそこで一段落ちる。

「その子供は助かりましたが、父はそのまま……」

「そうだったんですか……」

最初の驚きから、私の想いは納得へとゆっくり変化していた。

石橋先生がそんな光景を見たら、確かに迷うことなく飛び込んで助けに行くだろう。

そういう人なのだ。

自分よりも、常に他人のことを最優先に考える、そういう人。

「私の娘が生まれてちょうど二歳になってすぐの時でした……。溺れていた子供は六歳ということですから、歳の差はあれど、その姿が重なったのかもしれません。勇敢な最期だったと警察の方も言ってくれました。父らしい選択だったんだと思います。正義感の強い、まっすぐな人でしたから……」

同じ言葉を聞いた。最初に案内人さんと会った時に、私に向かってそう言ったのだ。勇敢な最期だった、と。

私はあの時なんて言ったっけ。無謀や馬鹿と言ってもらってもかまわないと言ったんだった。でも、石橋先生に対してそんなことは一切思わない。思うはずがない。

勇敢な最期だった。

石橋先生は、最後の最後までヒーローだったのだ。

「このひと、じいじのおともだち？」

部屋の隅でおもちゃで遊んでいた女の子が私を見て言った。

「紗衣《さえ》、この人は、お友達じゃなくて、じいじの教え子なの」

紗衣、という名前みたいだ。

「おしえご？」

「少し、難しいよね」

分からなくても仕方ない。まだ四歳なのだから。

「私はね、おじいちゃんにすごくお世話になったの。おじいちゃんは、私にとっての恩人」

「おんじん……」

「たいせつなひとよ」

「たいせつなひとっ」

その言葉は理解できたみたいで、紗衣ちゃんは満足そうに頷く。

笑ったその表情には、どこか先生の面影を感じた。

「まだ紗衣は、おじいちゃんが亡くなったこともよく分かっていないみたいなんです。でも仕方ないですよね。それにその方がいいのかなって思います。悲しみも少ないから、これから少しずつ理解できるようになれば……」

「確かに、そうかもしれませんね……」

「紗衣、ほらちょっとあっちに行って遊んでようか」

娘さんが小さく会釈をしてから、紗衣ちゃんを連れて隣の部屋に移動する。

私は一人になってから、もう一度仏壇の先生の遺影に視線を向けた。

「……先生、どうしてだと思いますか」

自然と、口から言葉がこぼれ落ちる。

「……ヒーローは、こうなる運命なんですか」

私のヒーローがいなくなった。

そのヒーローに憧れた私もこの世からいなくなってしまった。

「……神様は意地悪な上にとってもわがままで、ヒーローを傍にでも置いておきたいんでしょうか」

先生は、何も答えてくれなかった。

○

帰り道、遠回りをした。

でも、よく考えたら今の私には帰る家がない。だからただの回り道なのかもしれない。

たどり着いたのは花見川の河川敷。石橋先生が溺れていた子供を救ったという場所。今はそんなことが起きたなんて微塵も感じさせない。日常が過ぎるように川もゆったりと流れている。

川岸のコンクリートの段差に腰をかけて、そのままぼうっと水面を眺めた。

先生の死は、確かに私の胸の奥底に何かを残していた。

「……石橋先生は、本当にヒーローのような方だったんですね」

隣に座った案内人さんが空を見上げて言った。

「……うん、本当にそう思う。先生が助けた人ってこの世にきっとたくさんいて、それでその助けられた人たちがまた誰かを助けているんだと思う」

私も空を見上げた。

遠くには夏を感じさせる入道雲が浮かんでいる。

「だから、この世界は先生が生まれてくる前よりも、だいぶ良くなってるはずなんだよ」

「彩子さんもまた、石橋先生のように誰かを助けた訳ですもんね」

「誰かとは言っても、私が助けたのは子犬だったけどね……」

「立派なことだと思いますよ」

案内人さんは、にっこりと微笑んで、称賛するように心からそう言った。

「……立派か」

本当なら、その言葉をそのまま受け止めればいい。

でも、私は——。

「……立派になんてならなくても良かった」

「えっ？」

「……私は、……先生のようなヒーローにはなれない」

ずっと思っていた。

私がヒーローなんて、どうやってもなることはできない。

「……どうしてですか？」

「……さっき、先生の家を訪ねた時も思ったの」

するつもりのなかった告白を始めていた。

「……私、先生の娘さんに嫉妬していたんだ」

「嫉妬……」

「ちょうど、私と同じくらいの年齢、そして同じ四歳の子供がいる。私はずっと先生のことを考えていたつもりだったけど、頭の片隅であの娘さんのことを考えちゃった。そして嫉妬していた。未来があって、これからを過ごすことができて、家族と一緒に生き続けられるあなたが羨ましいって……」

想いが、どうしようもなく溢れ出てくる。

「……私は、ヒーローなんかじゃない、ヒーローになんてならなくていい！　ただ生きたかった！　優太と、宏隆と、ずっと……、一緒にいたかっただけで……」

涙が、とめどなく、どうしようもなく、ぼたぼたとこぼれ落ちてくる。

初めて案内人さんと会った時、随分落ち着きを取り戻すのが早いと言われた。

その時も、別に感情を隠していた訳ではない。

ただ、実感がなかったのだ。

家に行って家族の顔を見て、先生の死を知って、それから実際に現世で生きている人と関わりをもって、今私は初めて自分の死と真正面からぶつかった。

もう、この世界に戻ることはできない。

どうやっても、過去を変えることはできない。

もしもあの時、買い物を別のスーパーでしていれば――。

少しだけ寄り道をして時間がずれていたら――。

誰か私の腕を引いて止めてくれる人がいれば――。

そんな無意味な、たらればの選択肢が頭の中に限りなく浮かんでは消える。

でも、そんなの虚しいだけだ。

もう家族や友人に会うことはできない。

大切な人たちに会うことはできない。

もう二度と――。

「……彩子さん」

私が泣き止むのを待って、案内人さんが声をかけてきた。そして、柔らかな口調で意外な言葉を口にする。

「ほら、見てください、あそこに蝶が飛んでいます」

「えっ……?」

「それにほら、ユキノシタにナツズイセンも、綺麗な花をつけています」

案内人さんが指さす方に目を向けると、確かに白い小さな花と、綺麗なピンク色の花弁の花が土手を彩り、そのわずか上空をひらひらと真っ白な蝶々が飛んでいた。

私はそのまま涙の跡が消えてなくなるまで、案内人さんと一緒にその光景を眺めた。

「こうやってぼうっとするのも、たまにはいいものですよね」

案内人さんが、再び口を開いて言った。

「……案内人さんは、たまにじゃなくていつもそうでしょ」

「そんなことないですよ。それにただぼうっとしているんじゃなくて、ちゃんと味わっているんです。その時、その時の時間を」

「……最初にマックスコーヒー飲んでいる時もそんなこと言ってたわね」

「ええ、ちゃんと味わってますよ。コーヒーも人生もじっくりとかみしめて、毎日を生きている……、いや、私ももう彩子さんと同じように死んでいるので、日々を過ごしている、と言った方が正しいでしょうか」

「……案内人さんも、元は私と同じただの人間だったのね」

「ええ、ただの人間です。この世界の中のありふれた一人でしたよ」

初めて会った時から、死神ではなく案内人という雰囲気がぴったりだったのも理由があった。元は私と同じただの人間だったのだ。そして、私と同じように、既に死んでいて……。

「……ただののんびり屋で牧歌的な人かと思ってたけど、案内人さんにも色々な事情があるのね」

「牧歌的、という言葉も久々に聞きました。でも否定しませんよ。のんびり過ごすのも、待つのも、嫌いではありませんから……」

そう言って遠くを見つめた案内人さんの顔はどこか寂しげで、そんな表情を見るのは初めてだった。何を考えているのだろうか。その気持ちを推し量ることはできない。

だからその代わりにある言葉を口にした。

「……呑気と見える人々も、心の底を叩いて見ると、どこか悲しい音がする」

私がそう呟くと、案内人さんが目を丸くしてこっちを見た。

「彩子さんって、本当に……」

「理科の教師よ」

先手を打つ。

案内人さんがにっこりと笑った。

「でもやっぱり夏目漱石《なつめそうせき》を持ち出すなんて、国語の教師みたいですよ。『吾輩は猫である』に出てくる言葉ですよね」

「案内人さんもよく知ってたわね。これも石橋先生が教えてくれたのよ。気に入ってる一節でね。私も教え子にこの言葉を引用して教えたりもしたんだけど、あまりピンと来てる子はいなかったわ。なんだか石橋先生にも夏目漱石にも申し訳ない気分」

「きっと石橋先生だって当時は、誰にも伝わっていないだろう、と思っていたのではないでしょうか。彩子さんの言葉も届く子にはきっと届いていると思いますよ。石橋先生から彩子さんに届いたように」

そう言って案内人さんが、自分の胸を、二度ほど緩やかに叩く。どんな音がしただろうか。

そこが心の底かは、私にも分からないが。

ただ案内人さんの言葉を確かめていた。私が石橋先生にしてもらったように、私も自分の生徒に何かしてあげられただろうか。もしもそうだったとしたら、これ以上教師冥利に尽きるものはない。石橋先生もきっと他の誰かから受け取って渡してくれたバトンを、私も誰かに引き継げたことになるのだから。

「……さて、これからどうしようかな」

自分の胸の内をさらけ出して、気分はすっきりしていた。

最初の頃と同じように、先を見据える気持ちになっている。こうやって気持ちを吐き出すのは必要で、大事な作業だったんだろう。

「最後の再会に残された時間は、まだ半分以上残ってますからね」

「もう半分まで近づいてきたともいえるけどね」

夕日は既に沈み始めている。明朝には、私は現世から姿を消してしまう。それまでに、なんとか残された時間を有効活用したい。

まだ半分以上、とも確かに言えるけど、私にとってはやっぱりもう半分近くだ。

「あっ、そういえば石橋先生のこと、もっと私が事前に調べておけばこんな、彩子さんを悲しませる事態になっていなかったかもしれないのに、すみません……」

「いや謝るタイミングおかしくない？」

「今ならそんなに怒られないと思いまして」

「まったくもう、大体今までにもたくさんの人を案内しているはずなのに、ミスが多すぎよ……」

えへへ、すみません、と案内人さんが小さく笑って頭を下げる。本当にマイペースだ。でも最初からこんな調子だから、私もあまり悲愴感なく過ごすことができているとも言える。

この人はこうやって、今までにどれだけの人を見送ってきたのだろうか。そのことも気になるけど、今は、私がこれから最後の再会を果たす相手のことを考えなければいけない……。

あとは私次第。

誰に会いに行けばいいんだろう。

私が以前に会ったことがある人。

まだ私の死を知らない人。

そして、私が最後に会いたい人――。

頭の中を遡る。

生まれた時から、走馬灯のように人生のアルバムを順に追っていく。

「……あっ」

その時、あることを思いついた。

泣いて頭の中がすっきりしていたのが良い方向に作用したのかもしれない。

涙を流すことにはなったけど、結果的には石橋先生の家に行ったことが一番のきっかけになった。

それに今、変なタイミングで案内人さんが謝ってくれたことも――。

「誰か思い当たる相手がいたみたいですね」

案内人さんが、にっこり笑顔を見せる。

時間は、まだ半分以上残っている。

○

夜になるのを待った。それも、真夜中。

残されているのは、たったの数時間。しかし、たとえ貴重な残り時間を使ったとしても、こうするしかなかった。これが最善の選択に他ならなかった。私が決めて、私が選択したのだ。これで失敗しても後悔はない。

たどり着いたのは、最初にやってきた場所。

――私の家だ。宏隆と優太がいる家。

そう、私が最後の再会をしたいと思った相手は家族。それ以外に考えられなかった。音を立てないように静かに玄関のドアを開ける。合鍵は前と変わらず鉢植えの下に置きっぱなし。そして二人とも前と同じように、リビングの隣の和室に敷いた布団の上で眠っていた。

「……っ」

寝顔を眺めるだけでもこみあげるものがある。けど今は感傷に浸っている暇はない。これが、私に残された最後の時間なのだ。このタイミングを選んだのには理由があった。そしてこの時間、この相手を選んだのにも――。

「……優太」

宏隆を起こさないように、眠ったままの優太を抱えてリビングへ移動してから静かに声をかける。

声が、少しだけ震えた。もしも、優太が目を開けた瞬間に私の体が消えてなくなってしまったらどうしようか。

でも、あっという間に消えてなくなったのは、その不安の方だった。

「……おかあさん、かえってきたの？」

優太が、そう言ったのだ。

「優太……っ」

まだ寝ぼけ眼の我が子を抱きしめる。

――そして、私はこの選択がうまくいったことを確信した。

石橋先生の家に行った時のことだ。石橋先生の孫娘の紗衣ちゃんは四歳。優太と同い歳だ。

そして、紗衣ちゃんは祖父である石橋先生の死をよく理解できていなかった。

だからこそ、同い歳の優太も、まだ私の死をちゃんと理解できていないのではないかと思ったのだ。案内人さんが会えないと言ったのは、私の死を知っている相手だけ。それならば
そもそも死というものを理解していない優太には会えることになる。そしてほかならぬ宏隆が、おかあさんは遠くの星に行っちゃったと説明していたことも一役買っていたのだ。

「おかあさん、くるしいよ」

優太が私の腕の中で悶《もだ》えたので、慌てて腕の力を緩める。

そして、その瞳を見つめた。

優太だ。

優太とまたこうして話すことができるなんて夢にも思っていなかった……。

でも、途端に不安も押し寄せる。私がこの場所にいられるのはこの一晩だけ。私はすぐにいなくなる。また優太に悲しい思いをさせる。ここへ来たのは本当に正しかったのだろうか。

なぜ私はずっとこの子の傍にいてあげることができないのだろうか……。

「……おかあさん？」

優太が私の顔を覗き込む。

心配そうな表情をしていた。

――だめだ。

こんな顔は見せられない。最後なんだ。

これが最後だからこそ、母親らしく、強くいなきゃ――。

「……優太。ちゃんと優太はサイバーレッドみたいな強いヒーローになれる？」

優太にも、強くなってもらわなければいけない。これから宏隆と二人で生きることになる。

前に優太が転んで泣いた時も、「サイバーレッドみたいな強いヒーローになるんでしょ？」

と言うとすぐに泣き止んだ。だから、そう言った。強くなってほしいから。私が最後にできる励ましなんて、こんなことくらいだから。

「ううん」

でも優太は首を横に振った。

「もうサイバーレッドはいいんだ」

思ってもみなかった返事だ。やっぱりまたすぐに興味をなくしてしまったのだろうか。どうしよう、本当にこれから大丈夫なんだろうか。このまま優太をこの世界に残していくのは心苦しい。この先どうすれば……。

けど、優太の言葉の続きを聞いて、すぐにその不安は打ち消された。

「ぼくのね、あこがれのヒーローはおかあさんだもん」

優太のまんまるな瞳が私を見つめている。

「おかあさんはいま、ちきゅうじゃなくてとおくのほしをまもっているんでしょ？」

「優太……」

「ぼくもね、がんばるんだ」

ふと、遠くの星に行ったと説明した宏隆の言葉が蘇る。

『おかあさんは遠くの星に行っちゃったんだ。でも、いつも優太のことを見守ってくれているからね』

もしかして、あの言葉はそういう意味だったんだろうか。

そんなこと、気づきもしなかった。

ただ、星が好きな宏隆だからこそ、そういう説明をしたんだとばかり思っていて――。

そして優太は、私の腕からするりと抜けたかと思うと、リビングの隅に置いてあったものを持って戻ってきた。

「おとうさんといっしょにはじめたんだ」

「これ……」

空手着だ。

真っ白でまだ汚れも目立っていない、買ったばかりのもの。

その空手着を掲げる優太は、今までで一番頼もしく見えた。

「おかあさんみたいにかっこいいヒーローになるんだ」

「かっこいいヒーロー……」

「ぼく、がんばるからね」

「優太……っ」

声にならない声で、最愛の息子の名前を呼ぶ。

ただ愛おしくて、ただ大切で、自分の胸の中にあるこの想いをすべて伝えてあげたくなったら、自然とその言葉しか出てこなくなった。

――そっか。そうだったんだ。

今までのすべてが繋がってしまった。

優太がサイバーレッドの人形で遊ばなくなったのは、母親である私のことを憧れのヒーローだと思ってくれていたから。

宏隆が裁縫をした跡があったのも、この空手着の裾上げをしなければいけなかったから。

そして、私が、今は遠くの星にいると宏隆が説明したのも全部、そういうことだったのだろう。

きっと宏隆は、私が小さな命を救ったことだけを優太に伝えたんだ――。

「優太……」

もう一度、優太をきつく抱きしめる。

「おかあさん、くるしいよ」

でも、今度はそう言われてもこの手をほどかない。

理由があった。

「優太……、ゆう……たっ……」

だって、今この腕を離したら、大泣きしていることを知られてしまうから。

「おかあさん？」

涙が止まらなかった。声をあげて泣かないようにするのが精いっぱいだった。

優太の気持ちが嬉しかった。

宏隆の想いが嬉しかった。

そのすべてが自分の心の奥底にぶつかってきて、胸の中をめいっぱい温かなもので満たしてくれた。

そしてその温かな塊は、私の小さな胸の中にはしまいきれずに涙になって溢れ出てきた。

けど、最後にこんな大泣きしている母親の姿を見せる訳にはいかない。

心配をかけてしまう。

私は優太にとってのヒーローなんだ。

だから、最後まで、しっかりした姿を見せなくちゃ……。

「……優太、かっこいいヒーローになるには好き嫌いもしちゃだめよ。ピーマンもトマトも残しちゃだめ。好き嫌いしていたら大きくなれないからね」

「うん、わかった」

優太が私の腕の中で頷く。

「ゲームばっかりしすぎないでちゃんと運動すること。それにこれからは勉強もね。本もたくさん読むのよ」

「うん、わかった」

小さな頭がもう一度動く。

「それと車には気をつけること。ヒーローになっても、まずは自分の命を一番大切にしなきゃだめよ。道路に飛び出したりしては絶対だめ。渡る前には右を見て左を見て、もう一回右を見るの」

「うん、わかった」

もう一度。

「それからもう一回左を見てもいいんだからね」

「わかったよ、おかあさん」

優太が笑った。胸の中だけじゃなくて、私の腕の中もこれ以上ないくらい温かいもので満たされている。優太もこんなに大きくなったんだ。親の知らないところで成長していた。

そして、優太が私の腕の隙間から顔を出して言った。

「おかあさん」

まっすぐに私のことを見つめる。

「ぼくはだいじょうぶだからねっ」

「優太……」

優太の口癖。

だいじょうぶ。

ずっと、そう言われるたびに不安になった。

何かを押し隠して、黙って、遠慮しているんじゃないかと思った。

でも違う。

今は違った。

私は優太の「だいじょうぶ」を聞いて、初めて心の底から安心できたのだ――。

「ありがとう、優太……」

優太の頭を撫でる。

すると優太も安心しきった顔をして、ゆっくりと目を瞑った。

——そのまま眠りにつくのに、そう時間はかからなかった。


そっと、元の布団の上に優太を戻す。

並んだ二人。

宏隆と、優太。

私はその二人のそっくりな寝顔を特等席で眺め続けて、最後の再会の残り時間を使い果たした。

きっとそれは、私がこの世界で過ごした中で一番幸せな時間だったのかもしれない。

現世に戻った時、私は二人に「ごめんね」という謝罪を口にすると思っていた。

たくさんの迷惑と、言いようのない悲しみを、優太と宏隆に与えてしまったのだ。

謝っても謝り足りないと思っていた。

——でも、最後に思いついた言葉はまったく別のものだった。

「宏隆、優太、——愛してる」

それ以外に、見つからなかった。

◆

彩子が再び目を覚ますと、最初の時と同じように目の前には案内人がいた。

「……最後の再会の二十四時間が経過しました」

乳白色の空間。

再び、さよならの向う側にやってきた。

ここが終着駅。

もう現世に戻ることはない。

案内人は確かめるように、彩子に質問をする。

「……もう、悔いはないですか？」

その言葉に、彩子は率直に答える。

「……悔いがないって言ったら嘘になるわ」

正直な気持ちだった。三十歳で亡くなってしまうのは、人によってさまざまな人生があるにしても、短いものに違いない。

もっと生きていたかった。

優太と宏隆と一緒に過ごしていたかった。

もっと色んな所に行って、たくさんの思い出を作りたかった。

今度は晴れた日の星空を三人で眺めたかった。

それに父や母、友人など、会いたいけど会えなかった人もまだたくさんいたのだ。彩子の胸にさまざまな想いが去来する。

その中で彩子は、今の自分の気持ちをもう一度率直に答えた。

「……でも、最後にかけがえのない時間を過ごすことができた」

彩子が屈託のない笑顔を見せる。それは強がりではなく、紛れもない本音だった。

「案内人さん、ありがとね」

「改まって言われると照れますね」

「いいの、最後にこんなにも良い時間を過ごせたのはあなたのおかげよ」

「いえいえ、私はそんなに大したことはしていませんよ」

「もう分かっているから。悲しませることになると知りながらわざわざ石橋先生の家に一度案内したのも、あの後変なタイミングで私に謝ったのも全部、私が最後に優太に会えるように、ヒントを出してくれていたんでしょ？」

今にして思えばそうとしか考えられなかった。

「……彩子さんは鋭いですね、参りました」

と言いながら案内人は照れくさそうに小さく頭を下げる。

「実は私も、優太君に会えるという確証はなかなか得られていなかったんです。もしかしたら失敗に終わっていた可能性もあります。だからこそすべてを言い出すことはできませんでした。そして何よりも最後の選択は彩子さん自身にしてもらいたいと思ったんです。その方が、きっと後悔はしないはずですから」

「確かにそうかもしれない……」

彩子は思い当たる節があるように胸に手を当てた。

案内人は、言葉を続ける。

「さよならの向う側を訪れた人自身が選択をして、大切な人に会いに行く。時間がかかってもただそれを見守ることだけが、私の最大の務めだと思っています。私は何かの紹介者でも仲介者でもなく、このさよならの向う側の案内人ですから」

案内人のその言葉に、彩子は小さく頷く。

その務めのおかげで彩子は、最後にかけがえのない時間を過ごすことができたのだった。

「あなたは、私にとっては最高の案内人だったわ」

「……それは、案内人冥利に尽きる言葉です」

案内人もその言葉を受けて、安心しきった笑顔を見せる。

彩子の言葉に嘘偽りはなかった。本当に案内人への感謝の想いを口にしただけだ。最初の頃とは印象はまるで違うものに変わっていた。今は案内人のその笑顔を見て、自分自身が安心できるような気がする。

そして、案内人は仕切り直すように「それでは……」と言った。今度はもう、マックスコーヒーは出てこなかった。

「これから彩子さんは最後の扉をくぐり、生まれ変わりを迎えます。縁があれば、きっとまた今の家族に会うこともできるかもしれません。といっても、私が案内できるのはここまでですが」

これが、本当に最後の瞬間だった。

案内人が指をパチンッと鳴らすと、今度はペンキで綺麗に塗ったような、真っ白な扉が目の前に浮かび上がる。

初めて目にしたはずなのに、彩子はその扉を見ていると、どこか懐かしい心地を覚えた。

「最後にマックスコーヒー、もう一本飲んでいかれますか？」

「甘いものはもうたくさん」

案内人の言葉に彩子はふっと笑ってから、扉に向かって歩き出す。

彩子はその一歩一歩を踏みしめる中で、自分のこれからに想いを巡らすと共に、案内人のこれからにも想いを向けた。

案内人も、元はただの人。彩子と同じ人間だ。でも、ただの牧歌的な人でないことは分かる。さまざまな事情が隠されているのだろうけど、その事情を教えてもらうには、時間はもう残されていなかった。

ここは終わりの場所。

そして始まりの場所でもある。

ただお互いのこれからの最良を願うしか、他にはなかったのだ。

その想いは案内人も一緒だったのか、最後に包み込むような穏やかな口調で、彩子を見つめて言った。

「これから生まれ変わる彩子さんの人生が、より良いものでありますように」

案内人に見送られて、彩子は最後の扉の前に立つ。

「ありがとう、案内人さん」

そして扉に手をかけた。

「あなたのおかげで最後まで寂しくなかったわ」

彩子が最後の扉を開けると、柔らかな白い光が、その体をゆっくりと包み込んだ。

第二話

放蕩息子

「くだらねえ、最後に会いたい奴なんて俺は一人もいやしねえな」

最後の再会に関する一通りの説明を受けた後、山脇浩一《やまわきひろかず》は嘲るように言った。

「そう言われると困りますが、この『さよならの向う側』を訪れた人の中では、そんなに珍しいケースでもありませんよ」

目の前の案内人は、さして意外そうな顔も見せずにマイペースな調子を保ったまま言う。

「へっ、そうだろうな。どいつもこいつも未練たらたらで死んでると思うのが大間違いよ。俺みたいに死んでせいせいしてるくらいの奴がいたって当然だ。あんたももう何人もそんな奴を案内してきたんだろ?」

「ええ、まあゆっくり考えていただければ大丈夫です。時間はたっぷりありますからね。どうです、一本?」

案内人は、山脇の言葉をそう言って受け流すと、黄色い缶のマックスコーヒーを差し出した。

「そんな甘ったるいものはいらねえよ、酒はねえのか、酒は」

「お酒が原因で亡くなったのに、死んでからも飲みたいとは無類の酒好きですね」

山脇の死因は肝硬変。まさに酒の飲みすぎが原因だった。医師に止められたにもかかわらずやめることができずに、そのまま酒に溺れた。

独身、五十五歳。定職についたこともほとんどなし。三十歳を過ぎて地元の富山《とやま》を飛び出して東京《とうきょう》に出た頃から職を転々とし、その日暮らしを続けた。

そんな日々の中で増え続けたのが酒の量だ。自業自得と言えばその通り。だが、山脇にとっては酒が自分の業だろうがなんだろうが、死んだ今、どうでも良かった。

「それにしても、言うにこと欠いて『さよならの向う側』ねえ……」

『さよならの向う側』といえば山口百恵の有名な曲だと山脇にもすぐに分かる。確か一九八〇年、約四十年も前の曲だ。自分も十五歳の青春真っ盛りの頃だからよく覚えている。なぜだか今でも当時の曲の記憶は強く残っていた。新しい音楽はたくさん生まれたけれど、青春時代の音楽ってのは歳を食ってもどうやら切っても切り離せないものらしい。懐かしい、とかそういう感覚は他のものと比べても特別なんだろう。思えば、自分も幼い頃は……。

そう考え始めたところで山脇は思考を無理やり止める。今そんなことを思い出しても仕方ない。終わったことだ。死んだ今、もう過去はすべてどうでもいいことになったのだから。

「ここは現世のみなさんとさよならをした向う側のような場所ですから、ぴったりだと思いませんか。私も好きな曲ですし」

山脇にとっては意外な言葉だった。髪は真っ白だが、案内人は自分よりは相当若く見えるし、世代的には重なっていないと思ったからだ。ただ、そういう懐メロ好きな奴もたくさんいるだろうと、取り立てて気にすることもなかった。

「……なあ、このまま俺が最後の再会とやらをいつまでもしなかったらどうなるんだ？」

「特に制限もなくとどまることができますが、いずれは必ず最後の扉をくぐってもらうことになりますね」

「最後の扉？」

「生まれ変わりを迎えるための扉ですね。その後のことは私も知りませんのでこれ以上は説明できません。でも、どうせならやはり誰かに会っておくことをお勧めします。そして、最後に会う人は自分自身で決めていただきたいです。これが本当に、最後の機会ですから」

案内人が、最後という言葉を念押しするように言った。

「ちなみにここで過ごしている間に出てくる飲み物は……」

「こちらだけですね」

山脇の質問に、柔らかな笑顔を見せて案内人が黄色の缶を向ける。

これには山脇も困惑の色を見せた。マックスコーヒーが嫌いな訳ではないが、娯楽がそれしかないのだ。その他にはこの乳白色の空間には何もない。そして目の前には常に案内人がいる。これなら誰か適当な相手でいいから最後の再会とやらをさっさと済ませた方が、得策なように思えた。

「……参考までに、他の奴がどんな相手に会いに行ったか聞かせてくれ。自分が死んだことを知っている奴には会えないんだろ？」

「そうですね。他の方に関しての情報は守秘義務もあるので大まかにしか言えませんが、例えば初恋の人に会いに行った方もいましたね」

「初恋？　ふんっ、却下だな」

こんな姿となった自分を初恋の相手に見せたいとも思わない。それに会ったところで今更どうしようもない。山脇にとっては考えるまでもない案だった。

「そうしましょう。最近あんまりこの案も人気がないみたいで。さて、どうしましょうか」

あっさりと引き下がった案内人に、意外そうな顔を見せる山脇。

本当に、この案内人が何を考えているのか、いまだによく分からなかった。

「……他になんか例はないのか？」

「そうですね、どうでしょうかね。会いに行く相手は山脇さん自身に決めてほしいですし、私としてはじっくり考えてもらえればこのままでも……」

案内人はこんな状況なのに全然急ぐ様子もないし、こちらを急かすこともしない。そののんびりとした様子に山脇の方が焦《じ》れていた。

「ああ、もう、なんでもいいから言えよ！」

「あっ、そういえば恩人に会いに行った方もいましたね。恩返しというのも最後の再会には相応しいのかもしれません」

「恩返し……」

そう言われても、恩返しをする相手なんて山脇にはすぐに思い浮かばなかった。

恩返しと言うからには、自分が恩を受けていなければいけない。

いや、例えばここは恩でなくても自分が何か過去に借りがあれば、それでいいはずだが……。

山脇は考えた。ただ案内人と二人きりのこの空間から抜け出したい一心で。

「……待てよ」

その時、恩ではないが、あるものを返す相手が思い浮かんだ。

山脇は現世で借りっぱなしのものがあったのだ。

「……決めたぞ。最後の再会の相手」

「それは良かった。思ったよりも早く決まりましたね」

案内人は嫌みでもなんでもなく、心の底からそう思って言っているようだった。

○

「いらっしゃあせぇ」

いつも通りのやる気ない店員の声に迎えられて、俺は本当に現世に戻ってきたのだと実感した。薄暗い蛍光灯。換気されていない淀んだ空気。これじゃよっぽど死後のあの空間の方がマシに思える。

「ご返却っすね。あーこれ三日過ぎてるんで延滞料金結構かかっちゃいますよ」

俺が最後の再会に決めた相手は目の前にいる。

ただのレンタルビデオ店の店員だ。

こうして会いに来たのは、ただ単に借りっぱなしのＤＶＤを返却したいという理由だった。

恩返しと言われて思い浮かんだ返すものが、このＤＶＤだったのだ。

「いくらだ？」

「三日分で、九百六十円っすね」

「……たっけえなあ」

一週間でレンタル百円だったくせに延滞料金は一日三百二十円もするのか。でも仕方ない。

それに金なんてもう持っていても意味はない。財布から千円札を一枚抜き出して渡すと、小気味良いテンポで店員の男がレジを打った。

「千円からでー」

毎度のことだがどうしてもその頭に目がいく。前頭部の先端だけが金髪のモヒカン刈り。

バンドでもやっているのだろうか。もう何度も顔を合わせてはいるが、まともに会話をしたこともないから分からない。

今日もそのつもりだった。別に話すつもりなんてまったくない。だって、もう二度と会うことはないのだから。

だが、逆にそのもう二度と会うことはない、という事実が気楽に思えて、気づけば俺は目の前のモヒカン店員に話しかけていた。

「……その頭、バンドでもやってるのか？」

「えっ？　ああ、これ？　分かります？　ここはバイトで、俺、本業はロックなんで」

「……へえ、そうだったのか」

「そうだったんっすよ。あっ、お釣り、四十円っす」

小銭を受け取ったところで会話が止まる。

まあ、こんなもんか。別に何か変化が起こるのを期待した訳でもない。たまたまの気まぐれみたいなものだ。とっととこの店を後にしよう。あとは適当に時間を潰す。久々に行きつけの船橋《ふなばし》駅南口の居酒屋で飲むのもいい。店の連中は俺が死んだなんて知っちゃいない。おあつらえ向きの最後だ。

しかし、そう思って出口へ向かって歩き出したところでモヒカン店員に呼び止められた。

「今日は新しいの借りていかないんっすか？」

「はっ？」

「いや、だってほら、お客さん、毎回一本借りて、それ返すのと一緒にまた新しいの一本借りていくじゃないっすか」

「ああ、それは……」

確かにそうだった。シリーズ物の映画だから、それがここ最近の生活の中での唯一の習慣になっていた。でも、まさかそのことをこのモヒカン店員が覚えているなんて思いもしなかった。

「……よく覚えてたな」

「うちみたいな店、最近客少ないっすもん。動画配信系のせいで、延滞料金で小銭稼がなきゃやってられないっすから。そんな所にお客さんみたいに毎週来る人いたらさすがに覚えますよ。それに……」

「それに？」

そこで初めてモヒカン店員が笑みを見せる。

「俺も好きなんっすよね、この怪獣映画」

「へっ？」

そう言って店員が指さしたのは、俺が借り続けて観ていた映画の棚だった。昭和《しょうわ》から始まり、平成《へいせい》シリーズと続いた人気作で、街を踏みつぶし、時には人間や他の敵とも戦う、日本《にほん》の誰もが知っているような怪獣映画だ。

「お客さんも好きなんでしょ？　毎週一本ずつ借りていって、今、平成シリーズの終盤まで来たところじゃないっすか。それに俺、この敵の宇宙怪獣が大好きなんっすよ！　ガキの頃に親父に映画館連れていってもらった時にもう虜《とりこ》になっちゃって。マジ、ロックっすよ！」

ロックが何を意味するのかは分からないが、モヒカン店員は子供のような笑顔で話し始めた。こんな姿を見たことは今までにない。というかまともに喋ったことすら初めてなのだ。

「次は平成シリーズのラストなのに観ないんっすか？」

「ああ、まあ……」

一応、この場で借りることはできる。

でも、返すことはできない。

こうやって現世に戻ってこられるのは今日が最後なのだ。その事情を知らないモヒカン店員にとっては確かに不思議で仕方ないだろう。

「あっ俺、おじさんが借りたくない理由分かっちゃいました」

……お客さんからいつの間にかおじさんになっている。

でもこの際そんなことはどうでもいい。モヒカン店員が何に思い当たったかの方が気になった。まさか真実に行き着き当たる訳もないだろうが。

「死ぬからだ」

「……えっ？」

思わず、声が漏れた。

なぜ、分かったんだ。待てよ。確か俺が死んでいるということを知っている人に会ってしまえば、すぐに俺の存在は消えると案内人は言った。

それならばなぜ俺の体は消えない。どうして。

いや、それ以前にこのモヒカン店員、一体何者――。

「おっちゃん、好きな怪獣が死ぬところ見たくないんでしょ!?」

……おじさんからいつの間にかおっちゃんになっている。

それはこの際どうでもいい。結局、この店員が思い当たった理由はまったく別のものだった。映画館で封切りされたのはもう二十年以上も前だろうか。俺も結末だけは知っていた。

それにしてもそれぞれの作品の内容まで全部把握しているなんて流石だ。それが分かる俺も似たようなものなのかもしれないが。

ただ、そこで新たな疑問がふと湧く。

「なあ、お前もしかして……」

最初に質問した、その頭。

もうここまで来ると、どうしてもそれにしか見えなかった。

「……その頭、宇宙怪獣のやつか？」

そう言うと、モヒカン店員は今までになく嬉しそうな顔になった。

「これに気づいてくれたの、おっちゃんだけっすよ！」

モヒカン店員が自分のモヒカン頭の金髪部分を撫でる。

そのフォルムはまさにお気に入りの宇宙怪獣そっくりだった。

「……本当に好きなんだな」

「だって宇宙ってのが恰好いいじゃないっすか！　俺、他にも特撮ものとか好きですけど、SF映画も好きなんで！」

レンタルビデオ店で働いているくらいだから、映画好きなのだろう。さっきから目の色を変えて喋り続けている。

でもそんな話の相手をしていても聞き苦しくなく、むしろ高揚感すらあった。郊外にあるレンタルビデオ店に足繁く通うくらいだから、俺も映画は好きなのだ。

ただ、こんなことならもっと前から話していれば良かったかもしれないと思っている自分に気づいて虚しくもなる。

どうにもこうにも、何をするにも遅すぎる。人生は金を払ったところでそう易々と延長もできない。

それからひとしきり、リドリー・スコットだのスタンリー・キューブリックだのギレルモ・デル・トロだの、SF映画にまつわる監督の話をした後で、モヒカン店員は宣言するように言った。

「俺もバンドでね、いつかテレビとか出て、俺のロックを宇宙まで響かせてやりますよ！　必ず見ていてくださいこの頭が目印っすから！」

その約束は果たせそうにないが、「ああ」と一言だけ言って頷いて笑った。

なんだか久々に笑った気がする。

○

「思いがけない再会になったみたいですね」

帰り道、船橋の駅前に現れた案内人がそう言った。

「まったくだ。歳が半分くらいのあんな若者と怪獣の話で盛り上がるなんて思いもしなかった」

レンタルビデオ店を出て俺が足を向けたのは北口のバスロータリー。こっちは南口とくらべて人影もまばらだ。居酒屋なんかもあっちに集中しているから、こっちに来ることはあまりなかった。でも、今はこの静けさがどこか心地よくもあったのだ。

「あの作品ももうずいぶん前からありますもんね。元はと言えばあの芋虫のような幼虫が主人公の話が先だった訳ですけど」

「あんたもよく知ってるな。そっちの方が先だったなんて、あのモヒカン店員が知ったら驚いたかもしれないぞ」

「私が知ってるのはそれくらいですよ。宇宙怪獣の方は初めて知りましたから」

それはそれで意外だ。かなり初期のものしか観ていないことになる。山口百恵といい、どうも昔のものが好みみたいだ。

「ちなみに山脇さんがあの怪獣映画を好きになったきっかけはなんだったんですか？」

なんの気なしにしてきたであろう案内人の質問に、言葉が思うように出てこない。

そのきっかけを話すには、自分の幼い頃の話をすることになるからだ。

「冥土の土産に聞かせてください」

「いや、冥土の土産って俺がもらうものだろうが」

俺が訂正を入れると、案内人が笑ってまた言葉を返した。

「冥土の置き土産、ということでどうでしょうか」

食えない奴だ。でも腹は立たない。しなやかで柳のようなその雰囲気に、いつの間にか取り込まれてしまっている自分がいる。

「……まあ、いいだろう」

そう思ったのもやはり、さっきのレンタルビデオ店員に話しかけたのと一緒で、この案内人ともう今日が終われば二度と会うことはないと思ったからだ。

まともに生きていた頃よりも、死んだ今の方がよっぽど気楽な気分だった。

「俺がまだ、小学校低学年のガキの頃の話だ……」

思い返すはずのなかった思い出を掘り起こし始める。

遠い日の記憶――。

「俺の故郷は富山県でな、雪深い田舎の生まれだ。親父は伝統的工芸品の高岡《たかおか》漆器作りの職人だった。普段はほとんど喋らない昔ながらの職人気質《かたぎ》の人間でな、いつも手や爪の先まで漆が付いていて、服にまでその匂いがしみ込んでいた。ガキの頃もほとんど遊びや旅行に連れていってもらったこともなければ、家で相手をしてもらった記憶すらもない。正直言って俺は親父のことが苦手だった。……そんな親父だったが、映画が好きだったんだ。二、三か月にいっぺん、一緒にトラックに乗せて町の映画館まで連れていってくれることがあってな。その時初めて観たのがあの怪獣映画だった。なんかやたらと他の怪獣も出てきた回で内容こそよく覚えていないが、とにかくワクワクしたのを覚えているよ。それからそのシリーズが封切りされるたびに映画館に行ってな。その時だけが親父と二人で過ごす時間だった。パンフレットを買ってもらった時は毎日擦り切れるくらい家で眺めたよ。本当は部屋に飾れるくらいの怪獣の人形も欲しかったんだが、そっちはどうしても買ってなんて言い出せなくてな……」

「素敵な思い出じゃないですか。人形よりもそのエピソードの方がきっと色褪せない大切な思い出だと思います」

　確かに、ここで話が終わればその通りだ。

　でも、思い出はそのまま綺麗には終わってくれない。

「親父との思い出なんてそれくらいだ……。家のことはすべておふくろがやってたしな。思春期に入った頃から俺はことあるごとに親父と喧嘩するようになったよ。『人様に迷惑かけたらあかん』ってのが親父の口癖だった。それを言われるたびに俺はなぜだか無性に腹が立った。まるで俺の存在が周りの人にとって迷惑だって言われているみたいでな。それでも三十歳になるまでは親父と一緒に高岡漆器作りの仕事をしていたんだ。うちは、当時は珍しい一人っ子で跡継ぎも他にいなかったからな。でも限界が来た。些細《ささい》な喧嘩をきっかけに俺は家を飛び出した。おふくろが止めるのも振り切って一人で東京に来たんだ。それから職を転々として千葉に移り住んだ。女ができた時もあったが、結婚もしていない。子供なんて勿論いない。挙げ句に酒に溺れた。そしてそのまま酒に溺れて溺死した訳だな。みじめなもんさ。けどそんなもんだろう、人生なんて……」

　過去の顛末を言い切った後で、『人様に迷惑かけたらあかん』という親父の言葉がまた頭をよぎる。死んできっと迷惑をかけた。葬式を執り行ったのも親だろう。最後まで迷惑をかけた訳だが、そこは自分ではどうしようもない。

　しかし案内人がそこで、思ってもみなかった言葉を口にした。

「今は東京から富山まで新幹線で行けるみたいですね」

「……北陸新幹線のことか？」

訊き返しながら、その言葉の意図を考えた。それはつまり……。

「……馬鹿なこと言ってんじゃねぇよ」

「まだ何も馬鹿なことなんて言ってませんよ。決めるのは山脇さん自身ですから。ゆっくりじっくり考えてもらって大丈夫です」

「……お前知ってんのか、今のうちの親父のことを」

「守秘義務がありますから詳しくは言えませんが、担当となった方の情報は多少入ってきていますよ。案内をするのに最低限知っておかなければならないこともありますので」

その言葉を聞いて合点がいく。

前に聞いた最後の再会のルールに則るならば、俺の死を知っている親に会うことはかなうはずがない。

――ただ、親父だけは別だ。

親父なら会える可能性はある。そういう事情があるのだ。

それは俺も勘づいていた。けど、そのことについて考えるたびに可能性を打ち消していた。別に会いたいなんてこれっぽっちも思っていなかったからだ。

あのレンタルビデオ店のモヒカン店員に会えただけでもう充分だった。最後の再会は果たしたつもりだ。

でも、不思議な巡りあわせを感じていたのも事実だった——。

あのモヒカン店員も父親と一緒に怪獣映画を観に行った思い出話をした。時代こそ違えど、俺とまったく同じ思い出。もしかしたらあの話を聞いた時に、この選択肢は浮かび上がっていたのだろうか……。

「……まだ実際に会うかどうかは分かんねえぞ」

「それでいいと思いますよ。電車の中でゆっくり考えましょう。時間さえあれば鈍行で行ってもかまわないくらいです」

嫌みでもなんでもなく、この案内人は本当にそう思って言っているようだ。

「……呆れるくらい呑気な奴だ」

「心の底叩いてみます？」

そこで案内人が胸をグイッと突き出す。

「意味が分かんねえよ」

と俺が言うと、なぜか案内人は少しだけいじけるような顔をした。

結局、北陸新幹線に乗っていた。乗ることなんて永遠にないと思っていた。というか新幹線自体、乗るのが久しぶりだった。感覚的には旅行気分だ。帰省なんて気はまったくしない。車窓の景色を眺めることもせず、ただ眠った。駅弁も食わず、酒も飲まず、たったの二時間弱で到着。こんなにも近いものかと驚かされた。いや、近いのではなく、移動の仕方が進歩しただけだろう。俺とこの地の距離は年々遠ざかっていたはずなのだから。

「あまりにもあっという間でしたね」

そう言ったのは隣に立つ案内人だ。電車の中でもマックスコーヒーだけを口に運んで過ごしていた。そのまま案内人は独り言のように言葉を続けた。

「缶コーヒーを一本飲むだけの時間で着いてしまうなんて」

「それはお前が飲むのが遅いだけだ」

「味わって飲むのが好きなんですよ」

本気で言っているのかどうかは分からない。ただこうして話しているだけで、いつの間にか俺もゆったりとしたペースに呑み込まれている気がする。富山駅に降り立っても特にすることなんて何もなかった。そのまま在来線に乗り換える。実家の最寄りの駅に着いたのは正午を過ぎた頃だ。

「どうですか、久しぶりの故郷の風景は？」

「……変わんねえよ」

この景色を見るのは二十年以上ぶりだった。夏はなんてことない田園風景が広がる場所だ。稲の収穫にはまだ早い。しかし、冬になれば一面が銀世界に変わる。雪国の冬は長い。俺にとってはそれがどうも鬱屈したものに感じる時があった。いや、三十歳を過ぎた頃から急にそう感じるようになったのだろうか。

「……田舎の風景なんていつ見たって一緒に決まってる」

ここにはもう二度と来ない。そう決めてこの土地を飛び出した。あの日のことは今でもよく覚えている。おふくろは駅の近くまで止めに来たが、親父は家から出ることすらしなかった。その日もいつもと変わらず高岡漆器づくりをずっと続けていた。最後に見たのは、背中を丸めたまま作業を続ける親父の後ろ姿だ。

東京に出たのは間違っていない。

俺は今でもそう思っている。

「ふぅ……」

足は実家へと向いていた。黙々と歩いた。それ以外に何もやることがないという理由もあったのかもしれない。そうして二十数分の時間が経った頃に、案内人が先を指さして言った。

「あれが山脇さんのご実家ですね」

俺にもその光景が目に入った。実家だ。昔ながらの日本家屋がそのまま残されていて、久しぶりに見た瞬間は思わずぐっと来るものがあった。だが、ここまで来て二の足を踏む。さっきまで動いていた足は、急に重りでもつけたみたいに動かなくなる。まだ、迷っていた。お膳立てされたみたいに準備がととのっているのは分かる。自分が死んでいることを知っている人には会えないというルールの中で、俺は親父に会うことができる理由があった。それには、親父の病が関係している。

——認知症だ。

その病状については、唯一連絡を取っていたおふくろから多少聞かされていた。つまり今の俺が会いに行ったところで、親父は俺のことを忘れてしまっている可能性が高い。というか会っても思い出せない可能性が高いし、俺が死んだことを認識しているかどうかも定かではない。どちらにせよルールに縛られた中で最後の再会を果たすには、皮肉にも都合の良い状況だったのだ。

この親父の事情を案内人はきっと知っていた。だからわざわざあの時、今は東京から富山まで新幹線で行けるだのなんだのと突然、話し始めたのだろう。

「……ったくふざけた野郎だ」

「えっ、私のことですか？」

隣の案内人は殊更驚いたような顔を見せる。

「山脇さんはイライラがたまりやすい方みたいですね。甘いもの足りてないんじゃないですか？　やっぱり一本いっときますか？」

そう言って案内人は酒でも取り出すみたいに、胸ポケットからマックスコーヒーの缶を二本引っ張り出す。

「いらねえよ、そういうところがふざけた野郎だって言ってんだよ」

「甘いものならやっぱり『月世界《つきせかい》』の方が良かったですかね」

「だからそういうところだよ！」

調子がくるう。わざわざ富山の銘菓の名前を出してきた。まともに相手をしていると、いつの間にか案内人のペースに乗せられてしまう。ここは故郷で、いわば俺のホームグラウンドなのに。

……いや、俺にはそんなものはないか。ホームグラウンドなんて、東京と千葉に長年住んでも感じることはなかった。

まあ、ならそれでいい。敵地にまた乗り込む。それくらいに思った方が、気分は楽だ。変に取り繕う必要もない。

「……乗り込むぞ」

「アウェイに踏み込むみたいな言い方ですね」

「……うるせえ」

事情を知っているどころか俺の心まで読んでいるのかと思ったが、まさかそんなはずはないだろう。さて、ここからが正念場だ……。

とりあえず、家の様子を窺おう。まだ親父に会って何かを話すと決めた訳ではない。だが、おふくろと顔を合わす訳にもいかない。ここまで来たのが本当にただの無駄足になるのはなぜか嫌で、忍び足になって、中庭へ歩いた。

そこには居間から繋がって広く延びる縁側がある。親父はそこに道具を持ち出して漆塗りの作業をすることがよくあった。

漆器作りは基本的に分業制だ。まずは木を削って器の原形を作るのが木地師《きじし》。それに漆独特の艶を出すために下地を塗るのが下地師《したじし》。そして次に、漆を塗る塗師《ぬし》の出番になる。更に場合によっては金などで蒔絵《まきえ》をほどこす蒔絵師もいる。

親父は下地師と塗師をこなしたが、俺はまず木地師になった。これも親父の方針だ。親父も木地師の作業をほとんどこなせるようになってから塗師になったらしい。そうやって作業全体を把握している方が職人としての技が磨かれるからという理由だった。

だからうちでは、俺が削って原形を作った器に、親父が下地と漆を塗った。ちなみに作業場所は明確に分かれている。というのも、漆器作りが分業制になっていることにも関係するが、木地師の作業場には塗師の大敵となる木屑がたくさん出るからだ。

俺が木地師として作業する離れが第一の作業場であり、この縁側が親父が仕事をする第二の作業場。俺の記憶の中でも年がら年中、親父はその場所で過ごしていた。

そして案の定、その場所に親父の姿はあった。

「……親父」

思わず、声が出た。

故郷の景色と一緒で、大して変わらないものだと思っていた。でも違った。歳を取った。俺も五十五歳になる訳だからそれは当然なのだが、二十年以上も顔を合わせていなかったこともあって親父の変化は大きかった。顔には爪楊枝でも挟み込めそうなほどの深く刻み込まれた皺がある。唯一、指と爪の先まで漆で汚れているところだけが昔と変わらなかった。

手には木の椀を。もう片方の手には筆。その手つきはおぼつかないし、作業がうまく進んでいるようにも見えない。ただ、持っているだけだ。傍には何やら道具でも入っているのだろうか、飾りのついた木箱もある。

認知症が進行した今でも、自分の生活、いや、人生になっている塗師としての作業だけが体に染みついているのかもしれない。職人とは、こういうものなのか。俺はその光景に唖然としていた。

親父は、ただ伝統的工芸品の漆塗りだけでなく、地域の祭りで使うような祭事品の製作も任されるほどの腕前だった。その役割の重さは、おふくろから耳にタコができるくらい聞かされていた。親父の唯一の生きがいだったのだ、漆塗りは……。

「……もういい、やめよう」

「えっ？」

俺は親父に背を向けて歩き出した。

「意味がねえよ、こんなこと……」

吐き出すように俺が言うと、案内人は納得のいかない顔を見せた。

「そうでしょうか？」

「親父のあの様子じゃ、今更会っても仕方ないだろ。来るのが遅すぎたんだ……」

「仕方ないとも、遅すぎたとも、私は思いませんが」

「のんびり屋のだらけたお前がそう思っても、俺は違うんだよ」

そのまま家の敷地内から出たところで、案内人が歩みを止める。

「……本当にこのままでいいんですか山脇さん、きっと後悔しますよ」

「何言ってんだ、今更後悔が一つ二つ増えたってかまいやしねえよ。もう死んじまってるんだからな」

「そんなことありません。あの世に持っていく後悔は一つでも少ない方がいいに決まっています」

「そんなこと言ったって今更何ができるんだ。思い返してもくだらない過去ばっかりで、もう取り返しなんてつかないんだよ。なんだ、それともあれか、あんたは最後に誰かに会わせる案内だけじゃなくて、後悔をなくすために過去を変えてくれる不思議な力でもあるのか？」

ふざけて言った俺の言葉に、案内人が思ってもみなかった反応を見せる。

「ええ、もちろん」

「はぁ？」

案内人にはまだ隠された特殊能力でもあるのだろうか。そんなの聞いていない。

「何言ってんだお前、ふざけるのも大概にしろよ。過去なんて変えられる訳がないだろう」

俺が凄んで言っても、案内人はその眼の色を変えなかった。

「……本当に大事なのは今、山脇さんがどうするか、なんですよ」

案内人は、そのまま言葉を続けた。

「昔のことを過去の過ちとして放っておくか、それとも自身の反省、成長の糧として受け止めるかは、今のあなた次第なんです。だから今を変えれば、過去は自分にとって良かったと思えるものに変えられるはずなんです」

そして、案内人は俺をまっすぐに見つめて言った。

「私のように、悔いを残してほしくないんです」

初めて見る案内人の真剣な表情だった。

その瞳には、確かに切なる想いが宿っているように見える。

「……あんたにも、後悔があるのか」

「後悔のない人など存在しませんよ、誰一人ね」

俺にも選択肢があった。その中で俺は東京に出ることを選んだ。

でも、過去に選択肢があったからこそ人は後悔する、ということを知っている。

親父はずっとこの場所にいた。

この土地から出たことすらないかもしれない。

親父にとっては漆塗りの仕事が生きがいだった。ルーティーンワークとか習慣なんて言葉は生ぬるい。

生き方だ。

こうして認知症を患った今でも、椀と筆を持ち続けているのがその証拠だ。

でも、俺はそんなひたむきな親父を、最後まで受け入れることができなかった。

親父の背中を見て、ますます自分がこの仕事に向いていないのを悟った。

親父のようにはなりたくないし、親父のようにはなれない。

だから俺は東京へ出たのだ。

今でもその選択は間違っていなかったと思っている。

……ただ、後悔はしている。きっと別の道もあった。

今更どうやっても過去のやり直しはできないが、その後悔だけなら今からでも別の形で受け止めることができるのだろうか。案内人の言葉が、なぜ今になってこんなにも俺の胸の奥にまで響いてくるのか——。

「……どうなっても知らねえぞ」

「ええ、私もただの案内人なので、これからどうなるかは知りませんから」

「ふざけやがって……、ったく、もう次が本当に最後だぞ。くそっ、家に戻るぞ」

「ホームグラウンドに帰るみたいな言い方ですね」

「ああもう、うるせえな！」

来た道を引き返す。案内人が言った言葉が頭の中でリピート再生みたいにこだまする。

これからどうやったって過去を変えられるなんて思っていない。ただ、この案内人がうるさいから従っただけだ。

元はと言えば、俺がここまで案内人についてきたのも、胸に抱えたある想いをぶつけたかったからだ。後悔を拭おうなんて気持ちはさらさらなかった。どうせなら、その想いをぶつけてやる。これが最後なのだ。立つ鳥跡を濁してこの故郷から去ってやる。

「くそ……」

中庭まで戻ってくると、依然として同じ場所に、同じ姿のままの親父がいた。

あたりに他の人の気配はない。案内人も今は俺と親父だけの空間を作るために、陰から見守っていた。

「……親父」

わずか数メートルの距離に立って声をかける。でも反応はない。

ただ、こちらに目を向けずに、今もまだ手を動かそうとしている。

「親父！」

焦れた気持ちもあった。それで思わず声が大きくなった。

一瞬、親父が反応を見せる。こっちを向いた。

だが、少し目を丸くしただけだ。目の前の相手が誰なのかも、今何が起こっているのかも理解している様子はない。ただそのままじっと俺のことを見つめるだけで……。

「なんだよ……」

やはり何をするにも遅すぎたみたいだ。

あまりにも今更だった。

——本当は、最後にありったけの文句をぶつけてやろうと思っていた。

勝手に自分を跡継ぎに決めていたことが、どうしても納得いかなかった。

俺には向いていないし、やりたいと思える仕事でもなかった。

漆の匂いだって嫌いだった。

手にこびりついて肌が荒れるのも嫌だった。

人様に迷惑かけたらあかん、という言葉を言われるのが本当に嫌だった。

それに、本当はガキの頃、映画館に連れていってもらった時も、パンフレットじゃなくて部屋に飾れるような人形が欲しかった。

人形を買ってもらった友達が羨ましくて仕方なかった。

友達を家に連れてこようとしたが、漆で汚れて荒れた親父の手を見られるのが恥ずかしくて避けていた。

文句ならいくらでも頭の中に思い浮かぶ。

でも今は、こんな姿を目の前にして何も言えない。

何か言う気にすらなれなかった――。

「あんた？　なんかあったが？」

その時、聞き慣れた富山弁が居間から聞こえた。

――おふくろだ。

「くそっ……」

もうこの場で他にすることもなかったが、俺は反射的に物陰に身を隠した。

「なんか声聞こえたんやけど空耳がかね」

縁側に出てきたおふくろの姿を久々に見た。歳を取った。電話で話してはいたが、その姿を実際に見るのは親父と同じくらい久しぶりだった。

「居間に戻らんがけ？　もう漆塗りのことはいいがやよ」

おふくろが、もう漆塗りはしなくてもいい、と親父に呼びかける。塗師としての仕事は、歳を取って、認知症を患った親父が、これ以上する役目ではなかった……。

——でもそこで、おふくろが驚きの発言をした。

「……浩一はもう戻らんがやから、あの子のために漆塗りは続けんでもいいがやよ」

その言葉の意味が、俺にはよく分からなかった。

あの子のため？

俺のため？

漆塗りは続けなくてもいい？

何を言っている。どういうことだ。もう今更、俺のことなんて、何も関係ないはずなのに

……。

そこからおふくろは、今までのことを思い返すかのように話し始めた。

そしてその内容は、俺がまったく想像もしていなかったものだった——。

「……周りの人にちゃ、未だに東京で木地師を続けとる浩一が作ってくれた器に漆を塗っていることにしとったもんね」

おふくろは懐かしむように話しながら、言葉を続けた。

「今でもずっと離れた所で分業制を続けてる振りしとって、あの子がいつこっちに帰っても居場所があるようにって……。本当に心配性の親馬鹿なんやから……」

俺は、自分の耳を疑った。

「……そんな」

思わず言葉がこぼれた。

信じられなかった。

親父とは家を飛び出して以来ずっと口を利いていなかった。

もう絶縁されたものだと思っていた。

もしもまた会うことがあれば、親父の方も俺にありったけの文句をぶつけてくるものだと思っていた。

それなのに、親父はずっと俺のために居場所を残し続けていたなんて……。

まだ信じられない。

信じることができない。

そんな、そんなことがありえるのだろうか。

でも、おふくろが今更そんな嘘をつく理由も一切なくて——。

「親父……」

おふくろはもう、縁側から姿を消していた。

俺はもう一度、親父と対面する。

そうせざるを得なかったんだ。

「……嘘だよな、親父」

今知った事実が、俺にはまだどうしても信じられない。

親父は何も答えなかった。

「……嘘に決まっている、俺なんかのためなんて、……だってあんたは、ただ仕事だけが生きがいの人間で」

親父は何も答えない。

「それで今でも、こんなになっても、俺のことは忘れて、漆塗りのことだけしか覚えていなくて……」

親父は何も答えてくれない。

「……なんとか言ってくれよ親父！」

つい、声を荒らげてしまった。

すると親父がこっちを向いた。

さっきと同じように俺の顔を見つめる。

「ひとさまに……」

俺の顔を見て、親父が思い出したように口を動かし始める。

「めいわく、かけたらあかん……」

親父が俺に言っていた口癖。人様に迷惑かけたらあかん。

こんな状況になっても体に染みついた言葉が出てくるのだろうか。

俺は今その言葉を言われても、腹立たしい気持ちは一切湧いてこない。

どうすればいいのか分からないし、親父が何を考えているのかも分からない。
けどそこで、親父がある動きを見せた。
傍に置いてあった木箱に手を伸ばしたのだ。
「……親父？」
一体、何をしようとしているのか。まだ作業を続ける気なのだろうか。
俺にはやっぱり親父のことがよく分からない。
昔からそうだった。
親父と二人の時間を過ごしたのは、町の映画館に行く日だけで……。
——でも俺は、親父が木箱から取り出したものに気づいて、我が目を疑った。
「これ……」
人形だ。
四本指の手に、特徴的な背びれ。大きな恐竜のような尻尾。
——あの怪獣の人形だ。
「あぁ……」
親父が、その萎びた手で掴んだ人形を俺に差し出す。
あの映画館の売店の棚に並んでいたものではない。
受け取った瞬間に、温もりを感じた。

それに、懐かしい漆の匂い。

――木を削って手彫りした怪獣が、漆で黒く彩色されていたのだ。

木地師としての仕事を全うし、それから塗師となった親父にしか作ることのできない代物だった。

俺は、こんな姿の怪獣を初めて見た――。

「親父、これ……」

親父は、何も言わない。

でも、その表情はさっきよりも少しだけ穏やかなものに思える。

自分が小さい頃に欲しくても言いだせなかった人形。

俺がずっと憧れていたもの。

親父はずっとそのことを覚えていて、それで、こうして俺のために作ってくれたのだろうか。

「どうして……」

俺だけが、知らなかったんだ。

さっき、おふくろが言っていたことは本当だったんだ。

全部真実で、俺だけが勘違いをしていた。

そして、俺だけがこの期に及んでも親父に文句をぶつけようとしていた。

そんなこと、あるんだろうか。

そんなこと、ありえるのだろうか。

そんな、そんな親不孝な話があっていいのだろうか――。

「親父……、親父……！」

瞳の奥から溢れ出そうになる涙をこらえる。

物心ついた頃から、親父の前で泣いたことなんてない。

だから、今も必死でこらえた。

男が人前で泣くなと言っていたのも目の前の親父に他ならないからだ。

「人様に……、迷惑かけたらあかん……」

親父がまた同じ言葉を呟く。

その言葉はさっきよりもしっかりと聞こえた。

親父もこれが最後の瞬間だって分かっているのかもしれない。

最後の教えを、願いを込めるように言った。

そして、親父はそこで初めて、その言葉の続きを口にした――。

「――でも、家族には迷惑かけていい」

その言葉を聞いた瞬間、必死でせき止めていた涙が溢れ出した。

「親父……っ！」

ぼたぼたと、この数十年分の涙が一気にこぼれ落ちてくる。

俺は、その言葉の続きを知らなかった。

俺は、その言葉の本当の意味を知らなかった。

俺は、親父が今まで心の奥底に抱えていた想いを知らなかった――。

「親父、ごめん、本当にごめん……。今まで、知らなかった……」

初めて、親父の前で謝罪の言葉を口にした。

ずっと言えなかった後悔。

ずっと言えなかった言葉。

今までずっと、たくさんの心配をかけていた。そして、ありあまるほどの迷惑をかけていた。それでも親父は許してくれていたのだ。

親父の言葉の本当の意味を、初めて理解した。

そして親父の本当の想いに、こんなに遅くなってようやく気づいたのだ。

「ごめん親父……、俺、本当に馬鹿で、それなのに、ずっと待ってくれていて、こんなものを作ってくれていて……」

素直になれば良かった。

もっと早く戻ってくれば良かった。

この故郷を離れなければ良かった。

返さなければいけない恩はここにあった。

死んでからこんなことに気づくなんて、あまりにも馬鹿だ。

大馬鹿者だ。

親父は、ずっと俺のことをこんなにも気にかけてくれていたのだ——。

「こんな馬鹿で、どうしようもない……、放蕩息子で、ごめん……」

俺は、年甲斐もなくわんわん泣いた。

死んで初めて、ずっと溜まっていた一生分の涙を流した気がした。

今まで分からないと思っていた親父のことが分かったのが、こんなに遅くなってしまった。

きっと、この後悔は拭えない。

拭えるはずがない。

でも、このままでいい。

このまま俺はこのことをずっと、忘れちゃいけない。

この過ちと過去と後悔を、まっすぐに受け止めなければいけないのだ。

それが、この本当にどうしようもない大馬鹿息子にできる、最後の親孝行かもしれないのだから——。

そんな俺を、親父は叱りつけることもなく、ただ、穏やかな顔をして見つめた。

そして最後に、ガキだった頃の俺をあやすように、指先に漆のついた手を俺の頭の上にそっと置いてくれた。

◆

次に山脇が目を覚ました時、そこは乳白色に包まれたさよならの向う側の空間だった。

「……随分、待たせちまったな」

目の前には、案内人がいる。

「いえ、待つのは嫌いではありませんから」

案内人が最初の時と同じように、穏やかな笑みを見せる。

「最後の再会の時間をゆっくりと味わうことができましたか？」

「ああ……」

山脇の胸に、さまざまな想いが去来する。

最初にこの場所を訪れた時と今では、まったく別の感情が湧きあがっていた。

それは紛れもなく、最後の再会の中で初めて味わうことのできたものだった。

あのレンタルビデオ店の店員と会ったことがひとつのきっかけになった。

そして案内人はあの後で山脇に、ある質問をしたのだ。

『ちなみに山脇さんがあの怪獣映画を好きになったきっかけはなんだったんですか？』

あの質問は、最初から山脇と父親を結びつけるためのものだったのかもしれない。あそこでそんな質問をする必要なんてなかった。

そうだとしたら、やはりこの案内人は食わせものだ。とんだ回りくどい真似をしてくれた。

でも、山脇自身が気づくことが大切だったのかもしれない。

この案内人のおかげで、山脇は最後に特別なプレゼントを受け取ることができたのだ。

「冥土の土産にしちゃあ立派なものをもらったよ」

山脇が手に持った漆塗りの人形を見つめる。

この世に一つしか存在しない怪獣の人形。

それを宝物のように大切に抱えている。

山脇にとってこの上ない、最高の贈り物だった。

「それは、何よりです」

案内人がまたにっこりと笑う。そして指をパチンッと鳴らした。

すると、真っ白な扉が目の前に浮かび上がる。

「これから山脇さんは最後の扉をくぐり、生まれ変わりを迎えます。縁があれば、きっとまた今の家族に会うこともできるかもしれません。といっても、私が案内できるのはここまでですが」

「……ああ、色々と案内ありがとよ、迷惑もかけちまったな」

山脇は、その扉の前に立つ。

これが、最後の扉。

そして最後に案内人は、ある質問を山脇に向けた。

「もしも、次に生まれ変わるなら、山脇さんはどんな人になりたいですか？」

「次は、そうだな……」

案内人の言葉に、山脇は少しだけ考えてから言った。

「……素直な人間になりたい」

家族に意地を張っていた。せっかく出会ったあのレンタルビデオ店の店員にも、そして最初の頃は案内人にも、ずっと意地を張ってしまっていた。

複雑な想いで回顧する。

もっと素直になっていれば違った人生もあったのかもしれない。

過去の友人や、色んな人にも迷惑をかけてしまった。

そして親父とおふくろには、誰よりもたくさん迷惑をかけてしまった。

そのことに気づけたのも、本当に最後の最後だった。

消えない後悔。

やり直せない過去。

素直になれなくて後悔することはあっても、素直でいて後悔することはそんなになかったはずだ。

そんな自責の念にかられる山脇に、案内人は言った。

「そうやって素直に答えられた山脇さんは、もう充分素直な人間になれたと思いますよ」

その言葉を聞いて、山脇の表情が、ふっと晴れたようになる。

でも、その顔をすぐに戻してから、山脇は小さく首を横に振った。

「そんなことねえさ……」

そして最後の扉に手をかけて言った。

「ただの大馬鹿な放蕩息子だよ」

最後に見せた山脇の表情は、今までにない穏やかなものだった。

第三話　わがままなあなた

「俺が会いたいのは紗也香《さやか》に決まってる！」

さよならの向う側へやってきた伊勢谷幸太郎《いせやこうたろう》は、案内人の質問に威勢よく答えた。

「もっとゆっくり考えていただいても結構ですが、本当にいいのですか？　ここは一息ついてマックスコーヒー、いえ、ミルクでも飲みますか？」

「ミルクってガキ扱いすんなっての！」

幸太郎は十九歳。そして幸太郎が会いたいと思っている紗也香は二十一歳だ。

「紗也香さんは、幸太郎さんが今一緒に暮らしている方ですよね？　紗也香さんは大学四年生ですか、きっと今が一番楽しい頃だったりするんでしょうね」

「いいや、そんなこともないみたいだぞ。色々悩みはあるみたいでな。まあ、俺は大学なんて行ってないから分からないけど」

「大丈夫ですよ、私も大学には行ってませんから」

そう言って案内人が微笑む。なんだかその柔らかな表情を見るだけで、幸太郎は、この案内人を信用してもいい気持ちになった。

「じゃあ幸太郎さんにとって、おふたりでの同棲生活は楽しかったですか？」

「そりゃもちろん、毎日がエブリデイよ」

「それはそれは、幸せがハッピーですね」

どこか間の抜けた会話が続く。幸太郎はますますこの案内人、気が合うな、と思った。信用したのは、自分と似ていたからかもしれない。それに、こんな会話を繰り広げられるのも楽しかった。

「それにしても、死んだ奴ってみんなここに来るのか？」

幸太郎はふと思いついた疑問を口にした。

「全員が全員、という訳ではないみたいですよ。担当の区域があって、私は基本的にはこの千葉の中の一部のエリアだけなので他はよく分かりませんが」

「なんであんたはこのエリアの担当なんだ？　東京とかに興味はなかったの？」

「私はお願いしてこの場所にしてもらいました」

「へえ、そりゃあ珍しいね」

わざわざ千葉を選ぶということは何かゆかりでもあるのだろうか。とりあえずマックスコーヒーは好きみたいだけど。そう思って幸太郎が続けざまに質問をしようかと思った時、今度は案内人から質問が飛んできた。

「幸太郎さんにとって、紗也香さんはどんな人ですか？」

「……大切な人だよ。だから一人にさせちゃいけなかったんだけどな」

幸太郎と紗也香が同棲を始めたのはつい最近のことだった。日々を幸せに過ごしていたが、その終わりは突然訪れた。

きっかけは些細な喧嘩だった。勢いあまった幸太郎は家を飛び出し、次の日に反省して帰ろうとした道の途中で、交通事故に遭って死んでしまったのだ。

運が悪い、と言えばそれまでだろう。でも不幸中の幸いとでも言うべきか、幸太郎が死んだのは、まだ間もない一昨日のことだった。

だから幸太郎は、紗也香はまだ自分が死んだことを知らないはずだと勝手に思っていた。

案内人からの説明は既に受けている。

――自分の死を既に知っている人には会うことができない。

そのルールには触れないはずだ。

しかし、たとえルールに触れてしまったとしても、幸太郎は紗也香以外の相手を選ぶことはないと決心していた。それくらい幸太郎にとって紗也香は特別な存在だったのだ。

「あまりにも話が早いと、案内人はすることがなくなってしまいますね」

「楽できていいじゃないか。俺だって基本何もしたくないぞ。趣味は寝ることだな」

「気が合いますね、私も睡眠は大好きです」

やっぱり似た者同士かもしれない。話が合ったのも偶然ではなかったのだ。

「現世で残された時間はさっきも説明しましたが、二十四時間です。きっとお昼寝する時間もたっぷりありますよ」

「いやいや、さすがに最後の時間をそんな風に使うのはもったいないだろ」

似た者同士と思ったけど、やっぱり、根っこの部分では違う気もすると幸太郎は思い直した。基本的に幸太郎は、楽をしたいとか、やや自分勝手なところもあるが、この案内人は、ただのんびり過ごしたいといった感じだ。同じマイペースでも微妙に違う気がする。

「無駄がいいんじゃないですか。というか無駄なものなんてこの世にありませんよ。一見何も起きていないように見える時間も絶えず変化しているんです。『諸行無常の響きあり』とはよく言ったものです」

「なんだよそれ、ことわざ？」

「いえ、ことわざというか、『平家物語』の一節ですね」

「『平家物語』？　まあ、俺もなんか自分にぴったりのことわざ知ってたんだけどな。なんだったたっけかな」

「思い出せそうですか？」

「思い出したら言うよ」

「それでしたら気長に待ちます。待つのは嫌いじゃありませんから」

本当にのんびりマイペース。

幸太郎はやっぱりこの案内人とは気が合いそうだと思った。

「さて、それでは、準備はよろしいでしょうか？」

「おう、もちろんオッケー」

案内人が指をパチンッと鳴らす。

すると木製の扉が乳白色の空間に浮かび上がる。

「それでは、いってらっしゃいませ」

案内人がエスコートするように、扉を開けた。

「おう、気が利くな」

扉の真ん中を幸太郎が渡って歩く。

するとその瞬間に、真っ白な光が幸太郎の体を包み込んだ。

○

ここは、どこだ……。

うすぼんやりとしていた視界が徐々にはっきりすると、ここがどこかすぐに分かった。家の近くの江戸川《えどがわ》の河川敷だ。東京と千葉の境で、こっちはギリギリ千葉の市川《いちかわ》市。ここには何度か来たことがある。喧嘩して家を飛び出した時にも、まずはこの河川敷に来た。紗也香もよく知っている場所だ。

それにしても……。

青く晴れ渡った空を見上げるとどこか情けない気分になった。遠くの空にはうずたかく積みあがった入道雲があって、あっちの天気の方が、今の自分には合っているような気がする。

——俺、死んじゃったんだな。

なんだかさっきまではアドレナリンが出ていた。死んですぐに案内人の元へ案内されたから、そこまで死を意識していなかったのかもしれない。

けどなぜか今になって、空を見上げたらありありと自分が死んだことを実感した。

本当に情けない結末だ。喧嘩して交通事故に遭って、そのまま死ぬなんて。

きっと紗也香はまだ俺の死を知らないはずだ。この二、三日の間、どこかをほっつき回っていると思っている。心配しているだろう。その心配は最悪の形になってしまった。俺が死んだなんて知ったら紗也香はどんな顔をするのだろう……。

最初は、一駅しか離れていないところにある紗也香の大学を目指そうと思っていた。

ここから歩いても十分行ける距離のはずだ。

——でもなぜか、実際に現世に戻ってきて、今は躊躇《ためら》う気持ちの方が強くなっていた。

本当にこのまま紗也香に会いに行ってもいいんだろうか。

そのままずっと一緒に過ごせるなら帰らない手はないが、俺がこの現世にいられるのは二十四時間の期限付き。

俺がもう一度会いに行って再び姿を消した時、きっと紗也香は泣くだろう。

いや、きっとなんて不確かなもんじゃない。

絶対泣く。

賭けてもいい。

紗也香は泣き虫なのだ。

それは昔からで、今でもずっと変わらなかった。


——思えば紗也香は、記憶の中でもたびたび泣いていた。

正直俺からしたらどうでもいいと思えるような些細なことでもあったんだけど、繊細な紗也香には大きな問題らしくて、そのたびに、俺は大したことも言えないから、ただ黙ってうんうんと頷いて話を聞いてあげるのが日課のようになっていた。

紗也香は、中学生になってソフトテニス部に入ると、部活になかなか馴染めないだの、私よりも周りの子の方が全然うまいだの言って泣いていた。

じゃあ、部活やめちゃえばいいじゃん、って俺は思ったけど、その言葉はぐっと呑み込んで、そのままうんうんと頷いて愚痴を聞いてあげた。

高校生になった紗也香は懲りずに今度は硬式テニス部に入った。なんとかそこでも三年間、紗也香は部活を続けたのだが、最後の、東京で行われる関東大会行きを懸けた試合で負けてしまって泣いていた。

まあ、東京には総武線や京成線とかで行きたい時に行けばいいじゃん、って俺は思ったけど、その言葉もぐっと呑み込んで、そのままうんうんと頷いて泣き言を聞いてあげた。

紗也香が大学の三年生になった時、俺とのふたり暮らしが始まった。場所は市川駅のすぐ近くのアパート。この江戸川から歩いていける距離で、夏になると花火大会を目の前で見られるのが決め手になった。大学生活は、船橋のららぽーとでのバイトやサークルの活動に勤しんだり、好きなバンドのライブにも行ったりして楽しんでいた。でも、大学での一番の悩みは最後に待っていた。就活だ。「面接で落とされると人格否定されてる気がする」「最終面接で三回も落とされた」「周りの子みんなバイトリーダーかサークルの代表やってる」「就活の服装も髪型もやだ」などなど、就活の時はバリエーション豊かな泣き言を言っていた。

それなら、俺がこれからずっと紗也香を養ってあげるよ、って言いたかったけど、そんな気前の良い発言は俺にはできなくて、ただ、うんうんと頷いて聞いてあげることしかできなかった。

だからその分、紗也香が内定をもらった時は本当に嬉しかった。紗也香も跳び上がって喜びの声をあげた。あの時も泣いていた。嬉し涙だ。嬉し涙の泣き虫なら大歓迎だ。

けど、その幸せはあっけなく終わりを迎えた。

内定が取れたお祝いってことで、一緒に家でご馳走を食べた。それで次の日の晩ご飯に、昨日のご馳走のことを思い出して、あんまり今日のは食べる気しないな、みたいな態度を取ったらそこから喧嘩になって、勢いあまって家を出ちゃって、それで俺は交通事故に遭って……。

——本当に何やってるんだろう、俺。

紗也香から最後にかけられた言葉はなんだったか。よく覚えていない。「コータローのバカ！」とかそんなんだった気がする。あまりにも情けない最後だ。

でも、もしかしたらこのままただのバカな奴だと思われている方がいいのかもしれない。そうすれば、俺は勝手に姿を消してどこかで気ままに暮らしていると、紗也香は思うだろう。

もうたったの二十四時間しか残されていないなら、俺にとっても紗也香にとってもその方がいいんじゃ……。

——紗也香を悲しませたくない。

それが現時点での俺の一番強い想いになっていた。

とりあえず、大学に行くのはやめよう。一旦、作戦を立て直した方がいい。幸いなことに時間はたっぷりある訳だし。

じゃあ、どこへ行こうか。仕切り直したつもりでふと周りを見回すと、どうやら下校の時間だったようで、同級生とお喋りしながら河川敷を歩く小学生を多く見かけた。

そしてそのひしめくランドセルの列を見て、あることを思い出す。

――そういえば、一つだけずっと気になっていたことがあった。

あれは確かここ一週間くらい続いている出来事だ。家の窓から、下校途中に不思議な行動をする少年を見つけたのだ。一体あの少年は、何が目的であんな行動をしていたのか、ずっと気になって仕方なかった。そしてその行動の答えは、最後の最後まで知ることはできなかったのだ。

この際だから、それを先に判明させておこう。紗也香のことはその後でじっくり考えればいい。きっと何かすべてがうまくいくような案もそれまでに思いつくはず。

我ながら楽観的だ。二十四時間という時間の余裕もあったからかもしれない。あの案内人だって、昼寝する時間もたっぷりあるって言っていたし……。

「もしかして、紗也香さんに会いに行くのはやめてしまいましたか?」

案内人だ。

ちょうど俺が次の行動に移ろうと河川敷を歩き始めた時、現れたのだ。

「うーむ、やっぱり幸太郎さんって気まぐれなところありますよね」

気まぐれ、とも確かによく言われる。でも、さっきあれだけ高らかに「俺が会いたいのは紗也香に決まってる！」と宣言した手前、このタイミングでの再会は非常に気まずい。というかなんか負けた気がする。俺は何も答えずに、そそくさと背中を向けた。

「方向転換も気分転換も全然いいんですよ。時間はたっぷりありますからね。このままアイアイロードの商店街の方にでも行きましょうか。美味しいメロンパン屋さんがあるみたいなんですよ」

そんな俺の気持ちを見透かしているのか、それとも意に介していないのか、案内人はマイペースで話しかけてくる。そしてやたらとメロンパン推し。マックスコーヒーも好んでいたみたいだけど、やっぱりかなりの甘党なんだろうか。

「私のおすすめのメロンパン屋さんに行きたくなったら言ってください。いつでもご案内いたしますから」

そう言ってひとしきりメロンパン店の店員並みに勝手に宣伝をすると、案内人はまた姿を消してしまった。

一体、何をしに来たのだろうか。俺にこの状況でメロンパンを勧めること自体、間違っている気もするけど……。

◯

もしかしたら、案内人って結構暇なんだろうか。

人目につかないような道を通って着いた場所は、家の近くの公園だった。さっきの河川敷よりもずっと近くて、うちの窓から見える距離にある。

あの少年が不思議な行動をするスポットは、その公園の中にある一本の木の前だった。

少年は、公園の端に生えたその大木の前で、ここ最近、下校中に毎日のように立ち止まるのだ。いつも十数分くらいそこでじっと立っている。何かをしようとする訳でもない。ただじっと立っているだけなのだ。そんな少年の姿が家の窓からちょうど見えていて、俺は毎日、気になって気になって仕方なかったのだ。

一体あそこには何があるのだろうか。それとも少年は、何か起こるのを待っているのだろうか。真相は謎のままで、それが今日解き明かされれば、一つだけでもこの世界の心残りが消えるような気がする。本当に些細な、あまりにも小さなことなんだけど……。

もしかして、誰か来るのを待っていたりするのかな。

お目当ての木の根元には俺だけしかいない。今日はまだ少年は来ていないようだった。周りに下校途中の小学生はいるが、少年の姿は見えない。

どうしよう。ここでずっと待っていていいんだろうか。今日に限って少年が来なかったら時間をだいぶロスすることになる。

でも、今の俺には他にすることもないし、何をすればいいのかも分からない。

時間を潰そうにも、その残された時間はとても貴重で、八方塞がりな気分だ。

若干、途方に暮れるような気持ちで空を見上げた。

すると、傍の木の太い幹が目に入る。

そして、あるものに気づいた。

――サナギだ。

前にも一度見たことがある。蝶のサナギだ。

今思えば、あの少年もここでじっと立っている間、上を見上げていた。

そうか、あの少年は、ここでサナギが羽化するのを待っていたんだ――。

すべてに納得がいった。小学生の男子ならサナギなんて見つけただけでもテンションが上がって仕方ないはずだ。しかも羽化の瞬間なんて滅多に見られるものじゃない。そのチャンスを毎日、この下校の時間に狙っていたんだ。

ずっと疑問に思っていたことに答えが出るのって、こんなに気持ちいいんだと初めて知った。

なんだかとても清々しい。

そんな気分を存分に味わっていたその時だった。

――ピキッ。

いや、実際はそんな音がした訳ではない。でもそんな気がしたのだ。

サナギに一筋の割れ目が入ったのが見えた。

羽化の瞬間だ！

いや、でも待てよ。今は少年がまだ来ていない。あの少年はこの瞬間を心待ちにしていたんだ。だったらここに今すぐ来てもらわなくちゃ――。

その場をびゅんと飛び出して道路を駆ける。

どこだ、どこだ……。

探し始めてすぐだった。幸いなことに少年はもう近くまで来ていた。

よし、後はなんとか木の所まで連れていけば……。でも、いきなり近寄ろうものならなんかヤバいというか、このご時世、俺も危ないことになるかもしれない。それに実を言うと、俺は子供には好かれるタイプだが、子供の相手はそんなに得意ではないのだ。

ここはひとまず注意だけを引いて……。

少年の前に一瞬だけ姿を現す。

「あっ」

すると好都合なことに少年がこっちを見た。

――よし、今だ。

俺はまた走り出してサナギがある木の下に行く。

鬼ごっこ大好きな小学生なら、走って逃げだす俺みたいな奴を追いかけたくなるはずだ。

そして案の定、少年は俺を追いかけてきた。

目当ての木の傍にはすぐに着いた。

そこまで来ればもう、俺の出番はなかった。

「あっ！」

さっきの三倍くらい大きな声をあげて、少年がサナギを指さした。

「ちょうちょ！　もうすぐちょうちょになるよ！　見て！」

大きな声を出して友達を呼ぶ。その声に釣られてあたりの小学生たちがわあっと集まってきた。この頃は女の子だって虫はそんなに嫌いじゃない。というか、蝶は人気か。紗也香だって蝶は虫の中で一番好きって言っていた気がする。

「うわぁ！」

「もう生まれる！」

確かに、蝶がサナギから出てくる瞬間は、その表現がぴったりな気がした。

新たな生命がそのサナギの中から、『生まれる』って感じだ――。

「あっ」

少年だけじゃなくて周りの小学生がみんな同じようなタイミングで声をあげた。

その時がまさに、蝶が成虫としてサナギの中から生まれ、この世界に姿を現した瞬間だった。

「すごい……」

「初めて見た！」

「よく見つけたね！」

周りの子供たちから称賛を受けた少年は、得意げな表情でも浮かべるかと思ったら一人、木の幹を見つめてとにかく満足そうな顔をしていた。

俺はその時、どんな顔をしていただろうか。

少年と同じように、どこか満足そうな表情を浮かべていた気がする。

○

なんだか良いことをした気分だった。

でも、良いことってのは、そんなに長続きしないらしい。

突然、空から雨が降り出してきたのだ。

刻一刻と時間が過ぎる中、ポツ、ポツリと降り出した雨。

俺は雨宿りも兼ねて、結局、紗也香と同棲していた家に戻ってきていた。鍵はないから中に入ることはできない。というか、元から入る気もない。紗也香には会わない方がいいのだ。

例えばここから物陰に隠れて紗也香を一目見る、それだけでいいのかもしれない。

この天気が俺の心の中を表しているようだ。今はなんだか悲しい気持ちでいっぱいだった。元から雨がそんなに嫌いな訳ではない。むしろ、降り続ける雨を家の中から眺めるのが好きなくらいだった。

それでも、さっきまではあれほど爽やかだった青空がどんよりとした灰色の雲に覆われると、どうしても気分は沈んだ。

紗也香の心の中では、今どんな空が広がっているだろうか。

この空のように、どんよりと淀んでいやしないだろうか。

また紗也香のことを思い出してしまった。

泣き虫なだけじゃない。

思えば紗也香は、普通の人が見過ごしてしまうことにも敏感に気づいて、だからその分不必要に傷つくこともある子だった。

「センザンコウっていうさ、生き物がいるんだよね」

紗也香が突然、部屋で寝転んでいた俺に向かってそう言ったことがある。

センザンコウとは、中国やマレーシアなどのアジア、そしてアフリカの一部の地域に生息する絶滅危惧種の生物で、その見た目はアルマジロやアリクイに似ていて、綺麗な鱗が体を覆っているのが特徴的だ。そしてセンザンコウは、この地球上で最も違法取引されている野生動物でもある。

ある地域ではその体を覆った鱗には医薬的な効果があると考えられていて、中国では漢方などの伝統薬として、他の国でも薬や魔除け、または装飾品として重宝され、絶滅危惧種に指定されるほどに密猟、密輸が絶えないのだ。鱗だけがすべて剥がされて、皮膚がむき出しになったセンザンコウの死体がうずたかく積みあげられた写真も見たことがある。

紗也香は、そんなセンザンコウという生き物の存在を俺に教えてくれたのだ。

俺は、全然知らなかった。この地球上で最も多く違法取引されて、密輸されて、すべての鱗を剥がされるという悲惨な目に遭っている動物がいるなんて。

けど、それは紗也香も一緒で、その存在を知ったのはつい最近のことなのだ。

知らなければこんなことで悲しむこともなかった。

知ってしまってからはもう紗也香の胸のどこかにセンザンコウがいるんだと思う。

気づかなくてもいいことにまで気がついて、そのせいでセンザンコウのことを考えて胸を痛めるのだ。

でも、それは紗也香にとって悪いことだけに働く訳ではない。

もちろん良いこともある。

きっと紗也香は他の人よりも感度の良いアンテナを持っていて、俺や他の人には見えないものが見えているんだと思う。

そう思う理由は、紗也香の趣味のカメラだ。紗也香は大学生になってから一台のカメラを買った。

最初の頃は、練習台に俺もよく撮られたが、紗也香は徐々に町へと繰り出し、何気ない風景を好んでファインダーに収めるようになった。

紗也香が撮る写真はいわゆる美しい景色や人の姿を写した作品として映えるものではなく、日常の中のありふれた光景。

俺は紗也香の撮るそんな写真が大好きだった。

野に咲く素朴な薄水色の花。

空を飛ぶ二羽の真っ黒なカラス。

街灯の下に綺麗に巣を張った蜘蛛。

道端に転がった鮮やかな色をしたコーラの空き缶。

綺麗な空や海、可愛らしいお菓子や洋服なんかではなく、そんな、普通の人なら見過ごしてしまうようなものを紗也香はファインダーに収めて、その写真を部屋の壁に貼った。

だからやっぱり紗也香には、俺や他の人には見えないものが見えているんだと思う。

紗也香には、この世界の中で綺麗に見えるものが俺よりもたくさんある。

俺が簡単に見過ごしてしまうものも、紗也香にとっては綺麗に見えるのだ。

俺にとっては、そこが紗也香の好きなところであり、羨ましいところでもあった。

紗也香なら、この灰色の空をどんな風に撮るだろうか。

きっと、青空よりも綺麗な灰色の空を、紗也香なら切り取ってくれるのだろう。

——会いたい。

紗也香のことを考え始めると、胸がいっぱいになった。

紗也香に会いたくて仕方なかった。

一度は再会を諦めたはず。もう紗也香を悲しませたくなくて、このまま姿を消すことも考えた。

でも今は、紗也香に会いたい。

気づいてしまった。

自分の本当の気持ちに。

——会いに行こう。

気づけば俺は走っていた。

雨の中を、無我夢中で走る。もう濡れることとなんて関係ない。

今はただ、紗也香に会いたい。

時刻はもう夕方。思ったよりも時間が過ぎていた。そんなにぼうっと空を眺めていたのだろうか。いつだって時間が過ぎるのは早く感じるけど、今日はいつも以上に早く感じる。

普段ならもう授業が終わって家に帰ってくる時間だ。それなのに紗也香はまだ帰ってきていない。そしたら紗也香はどこにいるのだろう。今日に限って帰りが遅くなったりしたら悲惨なことになる。俺から会いに行かなければいけない。

でも、どこだ、どこだ……。

想像がつかない。紗也香が今どこで何をしているのか。今日は用事があったのだろうか。好きなバンドのライブの日が今日だったりして。

紗也香は見かけによらず、激しめなロックバンドのファンでもある。そんなギャップも俺は好きなのだ。……って、今はそんなこと関係ない。もしもライブハウスとかだったら今の俺にはどこか見当もつかないし、たどり着くこともできない。ピンチだ。

どうしよう、どうすればいいんだろう。

あっ、でもこういう時に案内人に助けを借りればいいのか。

案内人なんだから、紗也香のいる所にだって案内してくれるはずだ。よし、そしたらまずは案内人を……。

と、そこまで考えたところで、あることを思い出した。

——そういえばあの案内人、メロンパン屋さんがどうのこうのと言ってなかったか。

もしかしてあれは、紗也香がそこに現れるんだって教えてくれていたんじゃないだろうか。

ただし、本当にただの甘党の可能性もある。マックスコーヒーばっかり飲むような奴だ。でも今は、その可能性に賭けるしかない。それしか選択肢はないんだ。だって、案内人が、あの状況でメロンパン店を勧める意味はそれしかない。

もう悩んでいる暇はない。道路の端を一目散に走る。商店街はすぐそこだ。会いに行こう。

そして紗也香を抱きしめるんだ。それから俺のこともぎゅっと抱きしめてもらおう。

市川駅北口にある商店街、アイアイロードにたどり着く。店の看板には、もう明かりが灯っている。傘をさす人たちの波をかき分けてメロンパン店へ向かった。

頼む、頼む、頼むからいてくれ……。

――そして、ようやく目当てのメロンパン店にたどり着いた。

でも、そこに紗也香の姿はなかった。

願いは、届かなかった。

なんだよあの案内人。

本当にただの甘党だったのか……。

勘違いさせられた。

いや、勝手に勘違いしたのは俺か。

せっかくの最後の再会だってのに、こんな時までドジを踏むなんて。

なんだよ、最後の最後までうまくいかないな……。

――するとそこで、誰かが俺の名前を呼んだ。

「コータロー？」

その声には聞き覚えがある。

俺の目はそんなに良くないけど、耳はいいんだ。

二十メートル先のネズミの足音だって聞こえる。

だから聞き間違えるはずがなかった。

「……コータロー、だよね？」

紗也香だ。

紗也香がそこにいた。

「コータロー……！」

紗也香の瞳に瞬間的に涙が溢れ出す。

やっぱり紗也香は泣き虫だ。

でもこの涙は、嬉し涙かもしれない。

それなら、いいのかな。

「こんなにびしょ濡れで、どこ行ってたの！　本当に心配したんだから！」

そして紗也香は、俺のことを抱きかかえて言った。

「コータローが大好きなキャットフード買って待ってたんだからね！」

「ニャー」

「こら、嫌がらないの」

紗也香がびしょびしょになった俺の体をバスタオルで拭いてくれる。ふかふかなタオルは気持ちいいけれど、紗也香の手つきは少々乱暴だ。

「本当に、どこ行ってたのよ、もう。心配したんだから……」

たぶんその文句が混じっていたせいだろう。

でも紗也香は、もう一度俺のことを抱きかかえた後に、スーパーの袋から取り出したご馳走のキャットフードを皿の上に出してくれた。

うーん、やっぱり美味しい。こんなご馳走を出されてしまっては、次の日にいつものカリカリご飯が出てきたら思わず砂かけをしてしまうのも仕方ない。だってそうすればまたご馳走が出てくると思ったんだ。

「お腹減ってたのね」

紗也香が俺の頭を撫でてくれる。美味しいものを食べながら大好きな人に撫でられる。至福の時間だ。さっきまで雨に打たれて道を走っていたのが嘘みたいだ。

「ゆっくり食べなさいよ、もうおじいちゃんなんだから」

紗也香がそう言うので、気持ちゆっくりめに食べた。実際にそうできていたかは分からないけど。

「ほら、おいで」

紗也香は俺が食べ終えたのを見計らってベッドに座り、膝の上をぽんぽんと叩いた。

いつもの合図だ。

そして俺もいつものように、特等席の紗也香の膝の上に乗る。

「本当に良かった、また戻ってきてくれて……」

紗也香が俺の背中に手を置いて言った。

――紗也香とのふたり暮らしが始まったのは、半年前だった。紗也香は高校を卒業してから一人暮らしを始めた。その間は俺も実家に残ったままだったけど、三年になって大学の授業にも余裕のできた紗也香は、一人暮らししていた自分の家に俺を来させることに決めたのだ。

実家では毎日のようにベッドで一緒に寝ていた。いや、まあ実際のところは主に寒くなってからの時期かな。暑い時は俺だけが知っているお気に入りのひんやりした場所で過ごすことも多い。でも、冬の時期にぬくぬくとした紗也香の布団の中に入れてもらうのが一番好きだった。趣味は寝ることとか言ったけど、本当はずっと紗也香と一緒に寝ていたかったんだ。

「幸太郎っていうか、コータローって感じだよね」

家族の中で最初にそう言い始めたのは紗也香だった。

ちなみに俺の名づけをしたのはおばあちゃん。「この子は伊勢谷家に幸せを運んでくれる新たな家族の一員だよ。だから名前は伊勢谷幸太郎だ！」って、ハードルをなんとも高く上げたネーミングだったけど、俺も気に入っていたし、紗也香が「コータロー」って甘い声で呼んでくれるのが俺は嬉しくて嬉しくて仕方なかった。

おばあちゃんも可愛がってくれたけど、やっぱり一番俺と一緒にいてくれたのは紗也香だった。紗也香にとっての一番の話し相手が俺でもあったのだ。

友達や、両親やおじいちゃんおばあちゃんにも言えない話を、こっそりと俺だけにしてくれた。俺にとってはそうやって過ごしている時間が何よりも幸せな時間だった。

そんなこともあって、紗也香が一人暮らしを始めて二年の間は寂しくて仕方なかった。食欲もなくなって体重も三百グラムくらい減った。まあ、いいダイエットになったと思うけど。

だからその分、また紗也香と一緒に暮らせるようになったのは嬉しかった。紗也香も一人暮らしはやっぱり寂しかったみたいで、家にいる時はほとんどくっついて過ごした。ふたり暮らしの生活は、本当に毎日がエブリデイで、幸せがハッピーだったんだ。

——俺はもともと捨て猫だった。そんな俺を見つけてくれたのが、偶然公園に遊びに来ていたまだ幼い紗也香だったんだ。

あの時のことはよく覚えている。宝石みたいにまんまるな瞳をした紗也香。髪は今よりも長くて二つ結び。笑うとこっちまで釣られてにっこりしてしまうような、そんな可愛い笑顔の似合う女の子だった。

もともと捨て猫だったせいか、俺は大人になってからも外に時々出たりすることがあった。

そんな時、伊勢谷家のみんなは、「幸太郎が家出した！」「幸太郎が脱走した！」って言ってすぐに追いかけてきて捕まえてくれた。

でも、一人暮らしの紗也香の家に来てからはほとんど外に出ることもなかった。それでもあの喧嘩がきっかけで、つい外に出ちゃったんだ。俺も歳取って足が衰えたのかな。前までならあんな風に車が飛び出してきてもよけられたはずなのに……。

「コータロー、私本当に寂しかったんだよ……」

そう言って紗也香は、またもめそめそ泣き出した。

この涙はさっきとは違う。

俺にだってそんなことは分かる。

これは、嬉しい涙じゃない。

悲しい涙だ。

「本当に心配で、心配で……」

俺はそんな紗也香に、「本当に俺がバカだったよ。今まで心配かけてごめん」って謝りたかったんだけど、そんな言葉は今の俺の口から言えるはずもなくて、ただうんうんと頷いて聞いてあげることしかできなかった。

こっちの世界ではやっぱり喋ることはできないんだな。

さよならの向う側であの案内人と話せたみたいに、紗也香ともお喋りできれば最高だったのに。

「ねえコータロー、ほら、写真が少しだけ増えたんだよ」

本当だ。壁に少しだけ新しい写真が増えていた。

今にも雨が降り出しそうな灰色の空もある。でもやっぱり、紗也香が切り取るとまったく違う風景に見えて、その写真を見つめていると心の奥底が温かい気持ちで満たされる気がする。

「コータロー、もうキャットフードのおかわりはいらない？」

うん、もうお腹いっぱいで満足。

「コータロー、ちゃんと後でお水も飲むんだよ」

うん、まあ実はさっき水たまりの水を少し飲んだけどね。

「コータロー、これからは好き嫌いしちゃだめだよ」

うん、好き嫌いは思わぬ喧嘩を生むってことが分かったよ。

「コータロー、もうこれからは勝手に家を出たりしちゃだめよ。ずっとここにいてね」

……ごめん。それは守れそうにない。

「……コータロー、大好きだよ」

うん、俺も大好き――。


――泣きつかれてしまったのだろうか。そのまま、紗也香は眠ってしまった。

今はベッドに横になっている。

涙の跡が、まだ顔に残っていた。

どれだけ、心配をかけてしまったのだろう。

それに、こうして紗也香の前に戻ってきたのは本当に正しかったのかも分からない。

朝になって紗也香が目を覚ました時に、俺はもうここにいない。

紗也香はどれだけ悲しむだろう。

きっと大泣きする。

やっぱり、こんなぬか喜びさせるくらいなら、あのまま会わずにお別れをした方が良かったのかな。

俺は、どうすれば良かったんだろう。

分からない、答えなんて出そうにない。

何が正しかったのか、何が間違っていたのか。

ただ一つ言えるのは、もう少し紗也香と一緒にいたかったってことだ。

俺ももう十九歳。猫としては長生きな方なのは自覚している。

それでもまだ元気だった。

あと、二、三年くらいはいけた気がする。

そしたら紗也香が大学を卒業する姿も見られただろう。

無事に働き始めて、どこかで誰か俺が安心できるような結婚相手を見つけるかもしれなかった。

でも、その姿は見られそうにない。

もうこれ以上、紗也香の傍にいることはできない。


眠ってしまった紗也香の鼻に、ぴとっと自分の鼻をつける。

こうすると、冬の朝なら、紗也香は目を覚ます。

猫の鼻は年がら年中少しだけ濡れていて、冬の時期は特にひんやりするからだ。

早朝にお腹が空いてご飯が欲しい時は、こうするのがとても効果的なのを知っている。

それに、ドアが開いていない時は、その前で「ニャー」と鳴けば「開け、ゴマ」みたいに開けてくれるのも知っている。

そして、紗也香の家のドアは、実家の頃からどこもかしこもほんの少しだけ開いているのも知っている。

俺の通り道なのだ。

俺の体の幅を計算して、寒い隙間風が入る冬の日でも少しだけ開けてくれていたのだ。

けど俺がいなくなったら、紗也香もドアをちゃんと閉めるようになるのかもしれない。

もしかしたら、紗也香はそんなことで俺がいなくなったことを実感するかもしれない。

一人、すべてのドアを閉めきった部屋の中で涙を流すかもしれない。


——ごめんな、紗也香。

勝手だったよな。

自分勝手にご飯のことですねて、自分勝手に家を飛び出して、それで車に轢《ひ》かれて死んじゃったんだ。

バカだったと思う。

本当に自分勝手だったと思う。

……でもさ、これもまた自分で言うのもなんなんだけどさ。

猫ってそういう気まぐれで自分勝手な生きものみたいなんだ。

だからさ、今日だって紗也香に会いたくて会いたくて仕方なくて、また勝手に会いに来ちゃったんだよ。

ごめん。

またきっと紗也香は俺がいなくなった後で大泣きするよね。
最後まで自分勝手でごめん。
……勝手に死んで、ごめん。

でもさ、最後にもう一つだけ、自分勝手にわがままを言ってもいいかな。
もしさ、もし、紗也香が良かったらさ。
——また猫を飼ってほしいんだ。
猫って、何回も生まれ変わるらしいんだよ。
どっかで聞いたことあるんだ。
そう、あの案内人の前で思い出せなかったことわざ、今思い出したんだ。
『猫に九生あり』っていうことわざがあるんだよ。
猫にはたくさんの命があって、九回生まれ変われるって意味らしいんだ。
だからさ、また俺は猫に生まれ変わってくるよ。
それで必ず紗也香に会いに行くからさ。
そしたらまた俺のことを飼ってほしいんだ。
それならこれからも一緒に過ごせるよ。
ずっとここにいるって約束だって、しっかり守れる。

毎回二十歳まで生きて、何度も生まれ変わって、紗也香が百八十歳のよぼよぼのおばあちゃんになっても大丈夫なようにするからさ。

それならもう絶対、紗也香を悲しませないよ。

だから、お願い。

最後の俺のわがままを聞いてほしいんだ。

ありがとう、紗也香。

一緒に十九年間を過ごせて俺は本当に幸せだった。

大好きだよ、ご主人様――。


そして幸太郎は、最後にもう一度だけ、紗也香に口づけするように鼻をぴたりと寄せてから、「ニャー」と小さく鳴いた。

第四話　サヨナラの向う側

「あなたが、最後に会いたい人は誰ですか？」

神楽美咲《かぐらみさき》の目の前に立った案内人が、まっすぐに美咲の瞳を見つめて言った。

ここは、さよならの向う側。

目の前の男は案内人。

そして美咲にただ一つ残されているのは、最後の再会。

その点についてだけは、既に説明を受けた。

「私が、最後に会いたい人……」

そうやって急に質問されても答えはすぐに思い浮かばない。

そんなこと、普段から考えてもいなかったし、こんな状況が自分に訪れるなんて思ってもみなかった。

美咲は自分の心を落ち着けるためにも、長い黒髪に指を通してから、改めて案内人に言われたことについて考える。

「お悩みですか？」

案内人が言った。でも、急かす様子はない。どちらかというと、助け船を出すような言い方だ。

悩んでいるのは確かだが、それでも美咲の中で既に決まっていることがただ一つだけあった。

「私は……」

美咲は、まっすぐに案内人を見つめる。

「……歌いたい」

美咲には、まだやり残したことがあったのだ。

◆

美咲は二十一歳で亡くなった。

あまりにも早い死だった。

ただ、その死という出来事が本当に突然、目の前に現れた訳ではない。なぜなら美咲は、幼い頃から心臓に持病を抱えていたからだ。

「五歳まで生きられるかどうか分かりません」

生後間もない美咲に担当医がそう告げたと両親から聞かされたのは、美咲が中学一年生になった十二歳の時だった。

両親にしてみれば、「そう言われたあなたがこんなに元気になって中学生になったのよ」という賛辞のつもりでもあったのだろう。

でも、美咲は小学生の頃から学校を休みがちだったし、入退院を何度も繰り返していたこともあって、そう言われても「へえ、そうだったんだ」くらいにしか思わなかった。それを知ったことでこれまでがどうにかなる訳でもないし、これからが変わる訳でもない。今でも服用している薬は多少あるけども、普段の生活での悩みも特にないし、学校で友達と過ごしている時間は楽しい。それに何より父も母も、美咲を深く愛してくれていた。

「美咲のことをずっと傍で守るからね」

というのが、元水泳選手だった母の口癖だった。

「美咲を守るために俺がいるんだからな」

というのが、柔道黒帯で警察官の父の口癖だった。

「じゃあ、お父さんとお母さんの二人が私を守るために戦ったらどっちが勝つんだろうね」

なんて言って笑って過ごす家族三人の時間は美咲にとって何よりも幸せだった。

——ただ、その幸福な時間はそんなに長く続いてくれなかった。


美咲が中学二年生の時のことだ。

吹奏楽部の県大会で帰りが遅くなった美咲を、父と母が車で迎えに来ようとしていた。最寄りの駅で待つ美咲の瞳には涙が滲んでいた。大会が銀賞止まりで終わってしまったからだ。なんとか次の関東大会に進んで、父と母に晴れの舞台を見せたかった。いつも応援してくれている両親への恩返しをするはずだったのに、その機会は失われてしまった。

そんな美咲の元に、ある報せが届く。

涙は、その瞬間に止まった。

人は強いショックを受けると、感情も思考も一切追いつかなくなるのかもしれない。

美咲の元に届いた報せは、迎えに来る途中、父と母の車が飲酒運転のトラックに追突されたという悲惨な事実だった。

二人とも即死。

事故現場から十数メートルも離れた路上に落ちていたのは、美咲の大好物のチーズケーキ。今まで頑張ってきたのに大会で金賞を取れなかった美咲を慰めるために用意していたのだろう。

両親もこんな形での別れを迎えるなんて、まったく思っていなかったはずだ。変わらない日常がこれからも続くと思っていたのは美咲も一緒だ。

当たり前のように、父と母は歳を取っておじいちゃんおばあちゃんになるまで自分の傍にいてくれるものだと思っていた。

でも、現実は違った。

大好きな父と母を、いっぺんに失った。

ずっと傍で守ってくれると言った二人が、突然いなくなってしまったのだ。

父と母を「嘘つき」と責めるような気持ちはない。

ただ、美咲はその日から変わった。

元々自分が抱えていた持病のこともあったが、両親の死をきっかけに、美咲は日々を見つめ直した。

毎日を後悔のないように過ごすというのは、ありきたりな考えかもしれないけど、美咲はその言葉を誰よりも痛切に受け止めていた。

高校に入ってからは、アルバイトと同時に一人暮らしを始めた。

少ない貯蓄をやりくりして中古のギターを買って、バンドも組んだ。

夏休みにはヒッチハイクをして一人旅をしたり、線路に沿って行ける所まで自転車で走ったりもした。

高校卒業の頃には地元のライブハウスでワンマンのライブもした。

やれることはなんでもやった。

傍から見ればどこか生き急いでいるようにも見えたかもしれない。

それでも美咲はかまわなかった。

人生、いつどうなるか分からないのだから、やりたいことはなんでもすぐにやる。

それが美咲のたどり着いた結論だった。

思ったよりも、人生は短いものかもしれないから——。


「まあ、じっくり考えてもらって結構ですよ。マックスコーヒー、一本どうですか？」

……この案内人との相性はかなり悪そうだと美咲は不安を感じていた。どうも最初から案内人のゆったりとしたペースに乗せられている。

「……まあ、一本はもらっておこうかな」

案内人の取り出したマックスコーヒーを受け取る。

実は美咲はまだマックスコーヒーを一度も飲んだことがなかったからちょっとだけ興味が湧いたのだ。

「甘っ、けど旨っ」

二つの感想をいっぺんに言うと、後半部分だけを案内人が受け取った。

「そうでしょう。私のお気に入りです。案内するたびに、報酬代わりにこのマックスコーヒーを現物支給してもらっているんです」

「報酬代わり!?」

それは信じられない。美咲だって無類のチーズケーキ好きではあるが、いくら好きでも報酬代わりに現物支給されたらたまったものではない。

それで文句も言わずに、いや、それどころか嬉しそうにしているこの案内人に美咲は驚くしかなかった。

「……ってか、一息ついたところで話を戻してもいいかな？　私が会いたい人、もうさっき決めたんだよね」

飲み干して空き缶を足元に置く。

案内人はまだ、半分くらいを残しているようだ。

「私が口を挟むまでもないくらいあっという間の決断ですね。どなたにしたんですか？」

「私が会いに行こうと思ったのは、大倉忍《おおくらしのぶ》」

大倉は、美咲の小学校からの同級生だ。そして現在、美咲が組んでいる二人組のグループ『ペイパーバック』の相棒でもある。

ペイパーバックは美咲が作詞・ボーカル、大倉が作曲・ピアノを担当する音楽グループ。高校でギターと出会って、バンドを組んだ美咲は、そのまま迷うことなく音楽の道を突き進んだ。そして卒業してから、バンドのメンバーだった大倉と二人でのグループを始めたのだ。

美咲の歌詞と歌声は評判が高く、大倉の曲と演奏にも定評があったが、それも小さなライブハウスでの話。活動を始めてから三年経った今でも、表舞台で脚光を浴びている訳ではない。

大倉の祖父の家は岩手《いわて》の造り酒屋で、大倉の父親が跡を継がなかったこともあり、今はその声が孫の大倉にかかっていた。

そんな、グループの存続を脅かす話が美咲の耳にも届き始めた時、美咲は大倉から「大事な話があるんだ」と告げられた。直感的に解散話だと思い、以来、美咲は二人きりの話し合いの場を避け続けた。

だが、運命というものは奇妙なもので、そんな解散寸前の時になって、テレビ中継も入る音楽フェスの出演オファーが来たのだ。若手のバンドを集めて観客と視聴者の投票で優勝を争うというイベントである。美咲たちの柏《かしわ》のライブハウスでの演奏を、たまたまそのフェスのイベンターの一人が観ていたのだ。

美咲にとってはこれが最後のチャンスだった。

この機会を生かすことでグループ解散を阻止して、一躍有名アーティストになろうと固く心に誓ったのだ。

——しかし、そこで運命は奇妙というよりも、数奇な結末を迎えることになる。

突然、美咲の心臓に発作が起こった。

ここ最近は薬を飲むのも忘れるくらい調子が良かったのも災いしたかもしれない。

家を訪ねた友人によって発見された時、既に美咲の心臓は動きを止めていた。

そして美咲の、二十一年というあまりにも短い生涯は幕を閉じたのだ——。

「一つ言い忘れていたことがありましたが、最後の再会にはあるルールがあるんです」

「あるルール？」

案内人が付け加えた言葉に、美咲はなんだか嫌な予感がした。

「美咲さんが死んでいるのを知っている相手には会うことができないんです」

予感は的中した。

「そのルールさっさと言ってよ！　マックスコーヒーが現物支給なんて情報とかほんとどうでもいいから！」

「すみません、いっぺんに言ってもこんがらがってしまう方もいるので……」

と、謝罪の言葉を述べた後に、今の美咲の魂は朧げな存在だということ、他人の記憶や認識によってぎりぎりその姿が保たれていること、そして最後の再会に与えられた時間は二十四時間であることなど、細かな説明をこれまた遅れて付け加えてきた。

「……何よそれ」

もう怒る気も失せてしまった。

「それならどうすればいいのよ……」

「じっくり考えてもらって大丈夫ですよ」

そう言って、案内人は手に持っていたマックスコーヒーを飲み終えた。本当に一本をゆっくりと味わって飲んでいるみたいだ。

その間も美咲は頭を捻って考える。

会いたい人と言われて最初に思い浮かんだのは父と母のことだったが、二人とも既に亡くなっているからそれがかなう訳もない。

だとしたら、やっぱり会いたいと思えるのはさっき言った通り大倉だ。父と母を除けば今まで一緒に過ごした時間も一番長いし、なんといったって、一緒に最後の舞台にどうしても立ちたい。

このままでは死んでも死にきれなかった。

やっぱりまだ歌いたくて仕方なかった。

美咲にとっては、そのやりきれない想いだけが、自分が死んでしまったという悲しみよりも強く、そのおかげで今の自分をまっすぐに保てている。

——やりたいことは、なんでもすぐにやる。

原点に立ち返った。

美咲の頭には、ある秘策が浮かんでいた。

「つまり、大倉が私だと認識できなければいいんでしょ?」

「変装して会いに行きますか?」

「……何よ、とっておきのアイディアだと思ったのに」

「いえ、素晴らしいアイディアだと思います。ただ、ほとんど実行した人はいないんです。

なぜなら変装した他人の立場のままでは言葉や想いを直接伝えられませんし、それこそ万が一気づかれた瞬間に最後の再会は終わってしまいますから」

「大丈夫、私はただ最後に歌えればいいんだし、大倉には気づかれない自信がある」

「自信ですか」

「そうよ、満々よ。案内人さんより私の方が大倉のことはよっぽど知ってるんだから今すぐ現世に戻る準備をして」

美咲が案内人を急かすのには理由があった。フェスの開催日が明日だったのだ。このタイミングを逃す訳にはいかない。

「本当に美咲さんはせっかちな人ですね」

そう言いながらも、この時ばかりは美咲に合わせてくれたのか、案内人は手際よく準備を進める。

そして指をパチンッと鳴らすと木製の扉が美咲の目の前に浮かび上がった。

「こちらの扉をくぐれば、現世に戻ることができます。制限時間はさっきも申し上げた通り二十四時間。今から戻れば現世ではちょうど午後の八時ですね。ですので明日のその時刻がタイムリミットです」

「わざわざご丁寧に説明ありがとう」

「せっかちな方は時間も気にすると思うので、念のため確認させていただきました。それでは美咲さん、いってらっしゃいませ」

柔らかな笑顔を見せて案内人が送り出す。

「よし、いってきます」

美咲は迷うことなく、目の前の扉を勢いよく開けた。

○

「……これなら絶対、大丈夫」

千葉公園のトイレの鏡でこんなにもまじまじと自分の顔を見つめたのは初めてかもしれない。でもそこにいるのはいつもの慣れ親しんだ顔ではない。まるで別人だ。

背中の半分くらいまであった髪は耳もはっきり出るくらいのベリーショートに、髪色を今までに試そうとも思わなかった金色に染め上げた。メイクだっていつものナチュラル系から真逆のアーバン系に。

そして最後の仕上げに、鼻と口を覆い隠すマスクにカラーコンタクト。自信満々というか、もはや自信しかない。マスクだけでも十分な変装になる昨今だが念には念を入れたのだ。それに正直、一度は金髪にしてみたい願望もあった。

「いける……」

気合を入れるように小さく頬を叩く。

この公園は、大倉の住んでいる家の傍にあって、何か作曲をするたびに訪れる場所でもあった。そして案の定、今日も大倉はこの公園にいた。

何をするでもなく、ベンチに座り、星もほとんどない夜空を見上げている。横にはトマトジュースが置かれている。大倉のお気に入りの飲み物だ。

「よし……」

準備はととのった。こうしている間も時間は過ぎている。髪を切るのと染めるのとメイクに一時間を費やしていたから、残された時間は二十三時間。もう迷っている暇はなかった。

「あ、あのー……」

若干、伏し目がちのまま大倉に声をかける。

目を合わせるのはまだ怖い。ここまで完全な変装をしたけど、見破られてしまってはその瞬間にすべてがパアだ。私は何も果たせずに、この世界から消えてしまう。

だから、どうか大倉、気づかないで――。

「……え、なんですか？」

そう反応されて、思わずガッツポーズを取りたくなった。大倉の目には再会の喜びなんてものは一切なく、戸惑いの色しかない。でもここで下手をうつ訳にはいかない。ここから慎重に……。

「私の名前は……美樹《みき》です。……美咲の従妹《いとこ》です。あなたはペイパーバックの大倉さんですよね？」

「美咲の従妹の、美樹……」

私が自己紹介をすると、大倉がまじまじと見つめてくる。

まずい、この設定は失敗しただろうか。多少雰囲気が似ていても不思議ではないと思わせるために、従妹ということにしてみたが、それが逆に私と見破るヒントになってしまっては元も子もない。念のため声色も変えて喋っているが、小学生の頃から毎日のように顔を突き合わせていた訳だし……。

「……そうなんだ、美咲より美樹ちゃんの方が綺麗な瞳してるなあ」

……一発パンチしてやろうか。

と思ってこぶしを握り締めたけど、そのままガッツポーズに変える。入念なメイクとマスク、そしてカラコンがきいたみたいだ。ひとまずバレていないのが一番のグッドニュース。そして、この関門を突破できたのは何よりも大きい。

でも今になって私は、ここまで心配する必要はなかったのではないかと思い返す。大倉は普段から細かいことを察知するようなタイプではないし、そもそも高校生の頃に私がちょっとしたいたずらで変装して街で他人の振りをして声をかけたこともあったが、大倉はまったく気づかなかった。

あの時は確かマスクをして、いつも下ろしていた髪を縛っただけだった。あれ以上に入念な変装をした今、大倉に見破られる心配なんて最初からなかったのかもしれない。これがもっと察しのいい相手なら危なかっただろうが、それも含めて会いに行く相手が大倉で良かったと思う。

「……でも、どうして美咲の従妹の君がここに？」

大倉の表情ががらりと変わる。さっきまでの軽口が嘘のようだった。私の死から一週間が経っていると案内人さんから聞いたが、まだ大倉は私の死を受け止めきれてはいないのかもしれない。

「……私がここに来たのは、ペイパーバックのフェス出演の件なんです」

「いや、その件なら……、美咲がもういないんじゃどうにも……」

やっぱり、大倉のこんな表情はほとんど見たことがない。

いつだって飄々としていて、ニュートラルなままでいる男なのだ。

私が舞台に立つ前に緊張していたりする時も、大倉がいつも通りの雰囲気のままでいてくれるから私は安心できたのだ。

なぜだろう、大倉の今にも泣き出しそうな顔を見て自分の死を実感してしまった。胸の中にこらえきれないものが膨らんでくるのが分かる。このまま思い詰めると、今にも爆発してしまいそうで、急に息苦しくなる気すらした。

――ダメだ、考えるな。

今はただ、やり残したことをするために自分ができることだけを考えよう。だってそうじゃなきゃ、現世に戻ってきてここまでした意味がない。

私に残されたのはもうたったの一日しかないんだ。だから、泣くのはすべてが終わった後にしなきゃ。

「……でも、美咲の想いだけはどうしても無駄にしたくなくて」

「美咲の想い……？」

「美咲、私にも言ってたんです。どうしてもあの舞台に立ちたいって……」

今の私の本音だった。

最後のチャンスだと思っていた。

「たくさんの人に自分たちの歌を届けたい。私たちペイパーバックの歌は最高だから、一度でも聴いてもらえばみんなに届くはずだって、美咲はそう言っていたんです！」

だから、私はこうしてまた大倉の前に姿を現して、最後の再会の二十四時間をこのためだけに費やすと決めたのだ――。

「そんなこと言っても、俺一人じゃ……」

大倉が下を向いた時、私は宣言した。

「――歌なら私が歌います」

「えっ？」

「私、歌なら自信があるんです。美咲と声もよく似ているって言われていたし、美咲からも『もしも私に何かあったら代わりに頼むね』って言われてましたから……」

嘘、というか咄嗟に考えた作り話だけど、今は美樹であり美咲でもある私の本心だ。

「いや、急にそんなこと言われても……、だって、そもそも俺と美咲の二人でペイパーバックな訳で……」

「二人でペイパーバック……」

大倉がそう言ってくれて嬉しいと感じてしまった自分がいる。でも今は、その言葉を受け止めて「ありがとう」と言って終わりにしてはダメなんだ。まだ私たちにはやり残したことがある。

「……大倉さん、もうフェス出演キャンセルの連絡は入れたんですか？」

「まだだけど……」

「それは、大倉さん自身もまだ舞台に立ちたいと思っているからではないんですか？」

「……」

「美咲、言ってたんです。私たちの歌を届けたい！　私にこの世界に残せるものは歌しかない！　だからこのままペイパーバックの歌をみんなに届けられなかったら、死んでも死にきれないって！」

すべての想いをぶつけた。

美樹となった私から言える言葉はこれ以上ない。

嘘偽りのない言葉を伝えたつもりだ。

大倉は、すぐには返事をしなかった。答えあぐねているのか、それともこれから先のことを考えているのか、私には分からない。

「あの……」

大倉が口を開いた。

でも、大倉の出した答えは、私が願っていたものではなかった。

「ごめん、やっぱり考えられないよ。俺の曲と、美咲の声が重なって、それで初めてペイパーバックの歌になるんだ。だから、美樹ちゃんとは一緒に舞台に立てない。それに俺も、今はもう……」

その言葉を最後まで聞かなくても、続きが分かってしまった。

大倉も自分の去就に答えを出そうとしていた。きっと私がいなくなってから、一人で考え抜いて出した結論だったのだろう。元から祖父の造り酒屋の跡継ぎ話も出ていた。

今更大倉の今後の生き方に無責任に口を挟むなんて、この世界から先にいなくなってしまった私にはできなかった……。

「じゃあ、ごめん……。美咲を知っている人に会えて良かった」

そう言って大倉が私に背中を向けて歩き始める。

……失敗だ。

失敗に終わってしまった。

これでもう一度一緒に歌うことはかなわない。

ペイパーバックの歌を届けることもできない。

私はこのまま虚しく、最後にこの世界に何も残すことのできないまま消えていく。

そして、大倉も音楽から離れてしまう。

あれだけ才能に溢れた男なのに。

――でも、このままでいいのだろうか。

せっかくこうして最後の再会という機会を得て現世に戻ってきたのに。

生きている間は、フェスの出演が最後のチャンスだと思ってたけど、本当は、この今が最後なんじゃないのか。

このまま終わらせたくない。

このまま終わらせていい訳がない。

大倉、私はここにいるんだよ――。

「――夕方五時のチャイムがー……」

私は、歌った。

マスク越しでも届くように歌った。

もう、こうするしか方法はなかった。

ペイパーバックの歌だ。

言葉で説得なんてできない。

私には最初からこれしかない。

歌しかなかったんだ。

「――鳴る前に――……」

アカペラでそのままAメロの部分を歌い終えると、背中を向けていた大倉がゆっくりと振り向いた。

「今のは……」

大倉のその表情はさっきまでとは別人のようだった。

私の歌声は確かに大倉の心の底に届いたみたいだ。

きっと今、さっきと同じことを尋ねたら大倉の答えは変わるはず。

私には分かる。

そして大倉自身もきっと分かっている。

でも、それを口にするのはお互い野暮なことにも思えて、代わりに私たちは同じようなタイミングで頷いた。

「もっと先の方まで行かないんですか？」

「いいよ、そっちまで行くと波の音がうるさいしさあ」

「波の音っていい音だと思いますけど」

「どんな音でもうるさく感じると雑音になるってのが人間の耳でね、それに夜の海は怖い」

ペイパーバックの道筋は決まった。あとは時間との勝負。私は大倉と一緒に千葉公園駅からモノレールに乗って千葉みなと駅で降り、千葉ポートタワーのある港までやってきた。もっと波打ち際まで行こうと言ったけど、それは却下された。でも、大倉の気持ちも少し分かる。確かに夜の海は怖い。水の中にぽっかりと口を開けて何かが待っているようだ。

適当に波打ち際から離れた段差の所に腰をかけて話し合いを始める。

これが本当に最後のチャンス。

ここからペイパーバックの終わりが始まるのだ。

「……明日、新曲を披露しようと思っているんです」

私がかねてから思っていたことを提案すると、大倉は驚いた顔を見せる。

「おいおい嘘だろ。もう明日が本番なんだぜ？　それに、今までに美咲と一緒に作った歌じゃなきゃ……」

そこまで大倉が言いかけたところで、私は一枚の紙を見せつけるように取り出す。

「これは……」

「美咲が最後に書いていた歌詞です。これを披露しない手はないと思います」

「美咲が最後に書いていた歌詞……」

嘘はついていない。

本当に私が今日までに書き下ろした歌詞だった。今までも断片的に浮かんでいて、でもそのピースが、生きている間には最後までピタリとはまってくれることはなかった。

それがなぜか皮肉にも、死という体験を通して、するすると残りのピースが浮かび上がり、はまった。

そして完成した歌詞は、今の私が書けるすべてをぶつけたものになったのだ。

「……これ、すごくいいと思う」

大倉が、歌詞を最後までじっくり読んでから言った。

「……俺、これに曲つけたい」

そう言うと、もう私が見えなくなってしまったように一心不乱に歌詞を見つめて、ケースからキーボードを引っ張り出した。

「ここは……、この方がいいか……」

私が作った歌詞に、一つ一つ音を乗せていく。

シェフが、私が集めてきた食材を手際よく調理していく姿にも似ていた。

大倉の作曲センスは、周りからも評価が高い。私も大倉が生み出してくれるメロディーラインが好きだった。

波の音と、大倉の指が鳴らすキーボードの音がBGM代わりになって、私はそのまま作曲に無我夢中で取り組む大倉の横顔をしばし見つめる。

——私と大倉は一度付き合ったことがある。


大倉とは小学校からの同級生。話すようになったのは家が近かったのがきっかけだ。学校を休みがちな私にプリントや授業ノートを届けてくれたのが大倉だった。

大倉は家でピアノを習っていたから合唱コンクールではいつも伴奏を担当していた。でも、本当は歌も他の人より上手だってことを私は知っていた。ピアノを弾きながら歌詞を口ずさんでいた大倉の横顔を、背が低くてピアノの傍に立っていた私だけが特等席で眺めていたからだ。

中学生になって両親が亡くなった時も、ずっと傍にいてくれたのは大倉だった。「代わりにこれからは俺が美咲のことを守るよ」と付き合い始める前から青臭いことを言って励ましてくれた。

そして大倉はその言葉通り、私のことを何度も守ってくれた。

中学三年生の頃、友達と一緒に海に入った時に沖に流されて溺れた私を助けてくれた。

それから高校一年生の時、私をしつこくつけまわしていたストーカーを一本背負いで倒してくれた。

そして大学一年生の時、私が通学の電車で被害を受けていた、痴漢を捕まえてくれた。

大倉は、何度も私のことを守ってくれた。

そんな大倉を好きにならない訳がなかった。

というよりも私はきっと、小学生の時にピアノを弾いていた大倉の姿に最初から惹かれていたんだと思う。

私のことをタイミング良く守ってくれたのは偶然だったとしても、私が大倉を好きになったのは必然だった。

――でも、付き合い始めて三年が経った頃、私は大倉に別れを切り出した。

既にその頃、ペイパーバックとしての活動は始まっていたし、大倉自身も結婚を意識した真剣な付き合いをしてくれているのは分かっていた。

けど、だからこそ私は別れることを決めた。

私は、少しだけ普通の人とは違う。

普通の人なんて元々誰一人いないのかもしれないけど、でも、この私の体の真ん中にある心臓はやっぱり他の人とは違うと思ってしまう。

いつ何時どうなるかも分からないし、私だけ他の人とは違って見えない時限爆弾が埋め込まれている気がする。

この体のことを考えると、やっぱり先は見えなくなるし、その未来に他人を巻き込みたくなくなる。

私は子供を産むことはできないとも医師から言われていた。出産は心臓への負担もひどくかかるからだ。

だから、結婚や出産といった、この先大倉と付き合っていく上で待っていそうなことを自ら避けた。

幸せになりたくない訳ではない。

でも、幸せになれるはずなんてないと、諦めの気持ちを抱えている自分がいる。

そして、私にとっての大切な人がそうであるように、私もその人にとっての大切な人になってしまったら、別れの瞬間はお互いに苦しいはずだ。悲しみは二倍になって、きっと目を背けたくなるような結末しか待っていない。

だから、これが最善の選択のはず。

どうせ失ってしまうのなら、手に入らない方がきっと良くて、ひどい悲しみがその先に待っているなら、最初から小さな喜びすらもいらない。

何よりも自分以外の人を巻き込みたくなかった。

実際に時限爆弾は爆発してしまった。

その分、私は短い人生の中で必死に生きた。

そして私は最後に歌いたいって願った。

短い命の中でこの世界に残せるものは、歌しかなかったんだ——。


「……み……き？」

声がする。

「……美樹ちゃん？」

「あっ……」

長い考え事をしていた。

大倉の呼びかけで長い眠りから目覚めた気がした。

「ぼーっとしてるなあ。本番は明日なんだから、これに曲つけたら今日は徹夜で練習だよ。

カフェイン摂ってきな、カフェイン。そして俺の分はトマジュー頼んだ」

「好きですよね、トマトジュース」

「えっ俺、トマトジュース好きとか言ったっけ？」

「あっ、いや……」

――まずい、ついいつもみたいな受け答えをしてしまった。

ここは、なんとか切り抜けないと……。

「あの、ほら、さっきも千葉公園でトマトジュース飲んでたじゃないですか！　だからそう思ったんですよ！」

「ああ、なるほど、そういうことか。そうなんだよ、俺トマトジュース大好き。リコピンはお肌にもいいからね」

「……なんでそんなお肌気にしてるんですか」

「いや、お肌っていうか、なんかリコピンって名前が可愛くていいじゃん。絶対ひらひらのスカート穿いてる女の子だよ」

「栄養素に女も男もないと思いますけど……」

大倉がへらっと笑って、頼んだともう一度言ってから小銭を渡してくる。私の言葉遣いこそ敬語だけど、なんだかいつものようなやりとりをしている気がする。大倉のこのニュートラルな雰囲気は、やっぱり隣にいて居心地が良い。

それから、少しだけ離れた場所にある自動販売機の前まで行くと、そこに意外な人の姿を見つけた。

「ひとまず作戦は順調そうですね」

案内人さんだ。

手には珍しく、マックスコーヒーではなく、ブラックの缶コーヒーが握られている。

「うーん、苦い、苦すぎる」

「コーヒーって元々そういうものでしょ」

青汁のＣＭみたいに渋い顔をする案内人さん。現世でも飄々とした雰囲気はそのままだ。なんだか大倉と似ている気もする。

「やっぱり私はマックスコーヒーが好きみたいです。ブラックは苦すぎて飲めません」

私はひとまず、トマトジュースと栄養ドリンクを一本ずつ買った。

「私はこれ。元気ハツラツゥー！」

空元気って訳ではないけど、私もＣＭを真似るように言ってみる。

すると案内人さんがにっこりと笑った。

「美咲さんは、私と同じ亡くなった人間とは思えないくらい元気ハツラツですよね、私が案内するまでもなくここまで突き進める方はあまりいませんよ」

「えっ、というか案内人さんも、元は普通の人間だったの？」

「ええ、そうですよ」

「なんだあ、神の使いとかそういうのじゃないんだ」

「残念ながら、ただの人です」

「えっ、じゃあさ、案内人さんが案内人になる前は、誰か他の案内人がいたってこと？」

「そういうことになりますね」

「じゃあ、案内人さんは自分が死んだ時、誰に会いに行ったの？」

私の言葉に案内人さんはどこか逡巡するような顔を見せた。

「それは……」

そしてゆっくりと質問に答えた。

「……実は、私は誰とも会っていないんです」

「えっ……」

「……まあ色々と理由がありましてね、遠い過去の日の記憶です」

「案内人さん……」

真剣な案内人さんの顔を、初めて見た気がした。

「だから、会いたい人にまっすぐに会うことのできない人たちの気持ちは痛いくらいに分かります。私の胸の中にも唯一残り続ける後悔なんです。もう一度、ただいま、と言って我が家に帰ることがどれだけ素晴らしいか、愛する人をこの腕に抱きしめることが、どれだけ幸せか……」

「案内人さん……」

私は、案内人さんが抱えていたそんな事情を知る由もなかった。

ただ単に、案内人さんは、あの場所を訪れた人たちを案内するだけで、いつも飄々としていて悩みなんてなさそうに見えたのだ。

でも実際は違った。

やっぱり普通の人なんていないのかもしれない。

拭えない後悔は、きっと誰にでもある。

周りからは普通に見えるだけで、きっと誰もが何かしらの事情を心の底に抱えているのだろう。

「……呑気と見える人々も、心の底を叩いて見ると、どこか悲しい音がする」

「えっ？」

私がその言葉を呟くと、案内人さんが少し驚いた顔をして振り向いた。

「そんなに意外？　夏目漱石くらい国語の教科書にも出てくるよ」

「ああ、そうですか、そうですよね」

「あっでも、この言葉を教えてくれたのは中学の理科の先生だよ。私の学校では『吾輩は猫である』は授業でやらなかったから」

私がそう言うと、案内人さんはさっきよりも驚いた顔を見せた。

その理由は私には分からないけれど。

「綺麗な若い新任の先生でね、私はその先生のこと、結構好きだったなあ。帰りのホームルームの時、クラスのみんなにこの言葉を教えてくれたんだよね」

そう続けると、案内人さんは目を丸くしてまじまじと私を見つめた。

「どうかした？」

「いえ、なんでもありませんが……」

と言って案内人さんは、なんでもなくはなさそうな表情を浮かべていた。

やっぱり私にはその理由は分からない。

「……私がこの言葉がいいなって思ったのもね、やっぱり自分の体のこととか、家族のことがあったからなんだ。クラスメイトが、好きな人が振り向いてくれないとか、親と喧嘩したとか、そんなことで悩んでるのが羨ましく見えてね。でもそんな時にこの言葉を教わって、もしかしたら、私からは悩みなんてなさそうに見えた人たちも、何かしら心の底には抱えていたんじゃないかなって思い直せたの。自分自身に悩みがあるからって他の人の悩みをないがしろにしていい訳なんてないもんね」

「……そうだったんですね」

案内人さんは、何かをかみしめるように小さく二度、三度、頷いた。

「言葉って凄いんだよ。私もそれから詞を書くようになったんだもん。言葉に乗せて、想いを誰かに届けたいと思ってね。だからこの歌詞が書けたのは先生のおかげもあるんだと思う。まあ、その言葉が胸に響いたのって、きっとクラスの中でも私くらいだったと思うんだけどね」

私がそう言うと、案内人さんがもう一度ゆっくり頷いた。

そして、私をまっすぐに見て、優しく微笑んだ。

「届く人には、きっと想いは届くものなんですよ」

○

大倉の作曲が終わると、朝日が昇るまで今度は歌を合わせる練習が続き、昼前には近くのレンタルスタジオに入って綿密な最終調整を行った。

手応えは充分にある。練習の段階からこんなに気持ちが入る曲はこれまでにもなかった。

それに、今またこうしてこの世界で歌えることに、この上ない喜びを感じる。きっと、ペイパーバック史上最高の歌を届けられるはずだ。

そして、夕方になってフェス会場にもなっているテレビ局前の広場へ向かうと、まずは出演者が集まる楽屋へ通された。

あと少しで、最後の舞台の幕が開く。

放送は午後七時から八時までの一時間。その終わりは偶然にも、私がこの世界にいることが許された時間の終わりと一緒だった。

これが、本当に最後なんだ。

私にとって、人生最後の——。

そう思うと、いてもたってもいられなくなった。楽屋には出演者が大勢集まっていて落ち着く場所もない。私は静けさを求めてトイレに向かった。

「ふう……」

鏡の前に立つ。緊張した時は自分の姿を見つめると落ち着くと聞いたことがある。自分を客観視できるからだ。

でも、今はそんな行動も無意味に感じるくらいの緊張状態にあった。

「……大丈夫」

そう自分に言い聞かせたけど、そんなに効果は感じられない。かすかに震える指先に気づいて、無理にぎゅっと拳を握りしめる。

こんな時にお父さんとお母さんがいたら、どんな言葉を私にかけてくれただろうか。「どんなことがあっても守るよ」と笑顔で言って送り出してくれただろうか。そしたらどんなに心強かっただろう。それだけでこの手の震えも止まった気がする。

でも今、二人はいない。私一人でなんとかしなければいけない——。

そんな時、トイレを出た先の街灯の傍に大倉の姿を見つけた。しかしその隣には、私が最も顔を合わせたくないと思っていた男もいた。

「なあ、なんでお前らみたいなのがここにいるんだよ」

男の名は桐沢《きりさわ》。あるバンドのボーカルだ。

「お前らみたいな素人丸出しの奴らが出るとフェスの質が下がるだろ、テレビ中継も入った大掛かりなイベントだっていうのに」

何度か同じライブハウスを使っていて、お互いに見知った相手でもある。ただ、人気こそあるが良い噂は聞かない。何度も解散を繰り返しては他のグループから引き抜きをしてバンドを結成したり、私生活では他グループのファンにまで見境なく手を出したりと、その傍若無人ぶりを知られていたからだ。

ただ、業界に強いコネクションを持っているという噂もある。まだ新しいバンドを結成して間もないのに、こうして今日も出演しているのもそのせいだろう。

「いやー、だって俺たちはちゃんと主催者側にお呼ばれしたから出演するだけさ」

大倉は桐沢の嫌味など意にも介していない。いつものような調子で言葉を返す。

「男と女でピアノ演奏付きの色物枠で呼ばれたんだろうな。さては生放送でプロポーズしますからってお願いでもしたのか？」

桐沢が馬鹿にした様子で話し続ける。

今の桐沢のバンドはシンセサイザーを使った演奏が特徴なので、ピアノを使用するペイパーバックを敵視しているところもあるはずだ。

「そりゃドラマチックだけど、俺はそういう人前でのプロポーズは苦手だな。どうせなら二人きりの時って決めてるんだ」

でも大倉の表情は変わらない。そんな大倉に苛立ち始めたのは桐沢の方だった。

「……ってか、お前のところのボーカルの女はもう死んだんだろ」

桐沢が嘲り笑うような顔を見せる。

「どうやって出演する気だ。替え玉でも呼んだのか？　そこまでしてテレビに出たいのかよ、みっともねえな。大人しく墓参りでも行っとけよ」

そこで初めて、大倉の顔色が変わった。

「……なんだよ」

その変化を桐沢は見逃さなかった。でも、その瞳には若干の動揺の色が見てとれる。

「美咲は今日もここにいるぜ」

大倉はまっすぐに桐沢を見て言った。

「はっ？」

「あいつは俺とずっと一緒だ」

「はっ、へへっ……」

桐沢がまったく理解できないという様子で口を歪めて笑った。

「イカれてんな、お前。もうおかしくなっちまったんだろ。それともあれか、美咲は俺の心の中でずっと生き続けてるって、そういうやつか？　ははっ！」

桐沢が癪《しゃく》に障る笑い声を上げながら、歩き去っていく。
その場に残されたのは大倉一人になった。
本当は、私も今すぐその場に飛び出して、思いっきり桐沢をぶん殴ってやりたかった。
けど、そんなことする訳にはいかない。大倉が手を出さなかった理由も分かっている。
この最後の舞台に私たちは必ず立たなければいけない。
そして、大倉の言葉が私の心を支えてくれた。
——あいつは俺とずっと一緒だ。
その言葉だけで指先の震えは止まる。
大丈夫。もう怖くない。
一人じゃない。私の隣には大倉がいる。
ペイパーバックは、負けない——。

○

「——そいつの名前を教えてくれー！　セン！　ザン！　コウー！　イェー！　セン！　ザン！　コウー！　ウォー！」

既にフェスが始まっている。生放送の中継も同時に始まった。会場は熱気に包まれている。

今は、とあるパンクロックバンドの演奏中。次は桐沢たちのバンドで、その次が私たちの出番だった。

「かっこいいな、あの人たち」

舞台袖から様子を窺っていた大倉が呟く。

順番待ちの間、さまざまなグループの演奏を聴いたが、今舞台に立っているバンドの演奏には何か惹きつけられるものがあった。一見コミックバンドのようにも思える出で立ちだが、そのパフォーマンスは他を圧倒するような熱を帯びている。

「……それにしても、センザンコウってなんですかね？　曲のタイトルにもなってるみたいですけど」

私がはてなマークを頭の上に浮かべて質問すると、隣の大倉が答えた。

「さっきあのボーカルの人と楽屋で少し話したけど、なんかの動物みたいよ。すごい見た目が恰好いいんだって、携帯に入ってた写真も見せてもらった。元はと言えば、ファンの女の子から教えてもらったらしいよ」

大倉はそのまま説明を続ける。

「そのファンの子が最近ひどく落ち込んでて、元気づけるためにこの曲を選んだんだってさ。テレビ中継も入った一世一代のこのタイミングでそういうチョイスするってのがなんか恰好いいよな」

「……だから、あんなに想いが伝わってくるんですね」

目の前のバンドは、間違いなく誰かに想いを届けようとしている。そういう人たちの歌は強い。エネルギーがある。私たちがこのバンドのステージに惹き込まれるのにも理由があったのだ。

「センキュー！　センザンコウー！」

演奏が終わった。

「いやー、最高のステージだった！　おっ、あんたたちも頑張ってな！」

既に舞台上では桐沢のバンドの準備が始まる中、演奏を終えたばかりのパンクロックバンドのボーカルさんが声をかけてくれた。

「あ、ありがとうございます」

「ってかどうだった、俺のロック、宇宙まで届いてた!?」

今はきっとアドレナリンがたっぷり出ているせいで、テンションがやたら高いのだろう。楽屋ではこんなに騒がしい人ではなかったはずだ。

「えーっと、それは……」

思わぬ質問に戸惑う私に大倉が助け船を出してくれた。

「最高に熱かったですよ。もうアンドロメダ星雲まで届いてたと思います」

「そりゃ最高だぜ！　あんたたちもM78星雲まで届くような歌、期待してるぜ！　お互いに勝っても負けても恨みっこなしでな！　わっはっは！」

そう言って手を振って去っていった。

なんとも豪快、いや、ロックな人だ。

「……ていうかM78星雲ってなんですか？」

「三分間のヒーローの住む星だよ、これ常識ね」

なぜか大倉がテンション上がったような言い方をする。

「……男の子は特撮好きなんですね」

「いや、俺もあの人には負けるわ」

「なんでそう思ったんですか？」

「普段はレンタルビデオ店でバイトして色々観まくってるらしいよ。専門分野は怪獣映画だって」

「専門分野って……」

センザンコウって、もしかして怪獣みたいな見た目だったりするのかな。あの人もモヒカンで、さきっちょだけ金髪だったし……。

その頃舞台上では、桐沢のバンドの演奏が始まっていた。

「君への想いが溢れ出す、グラスからこぼれ落ちて泡になるー……」

曲が聞こえて、ステージに再び目をやると、私たちの出番がすぐそこまで迫っていることを実感した。

この次が、ペイパーバックのステージ。さっきまでの緊張とは違う、胸の高鳴り。

本当に、これが最後なんだ。ペイパーバックの、最後の舞台――。

「……大倉さん」

「うん？」

「今日は最高のライブにしましょうね」

「おお、そうだな。ってかもう敬語やめね？」

「えっ、なんでですか？」

「同じ舞台の上に立つ以上、かたっくるしいのは抜きがいいなって」

「分かりました、それなら……」

「まだ敬語になってるけど」

「わ、分かったって！」

「それでよろしい」

こうやって話し方が元に戻ると、なんだかいつも通りの場所に本当に戻ってきたような気がした。

「よし、最高のライブにしよう」

「おう、やるしかないな」

「テレビの生放送なんて最初で最後かもしれないし」

「何言ってんだよ、Mステのために恰好よく階段下りる練習してるのに」

「そこはピアノの練習してよ」

「確かにそうだな」

思えばこんな調子の会話が私たちのいつも通りだった。

「……きっと、今日たくさんの人がペイパーバックの演奏を観るね」

「全国放送のテレビ中継だからな」

「家族で観る人とか、友達と観る人とかさ」

「恋人と観る人とか、一人で観る人もいるだろうな」

「……色んな人が観てるんだ。恋人と別れた人も、結婚した人も、大切な誰かを失った人も、子供が生まれた人も、天国にいる人も。……そんなすべての人に届くようにしよう」

「ああ」

「届く人には、きっと想いは届くものなんだから」

○

ペイパーバックの出番だ。

目の前にはたくさんの観客がいた。男の人、女の人。大人、子供。家族、カップル。その視線がまっすぐに私たちに向いている。

私はずっとつけていたマスクを外した。大倉は今、私の後ろの位置、ピアノの前に座っている。

空気を大きく吸う。この会場の雰囲気を味わいたかった。

これが最後だ。私がこの世界にいられる最後の瞬間で、この世界で歌える最後の舞台。そう思うと浮足立つような気すらする。

でも味わおう、この瞬間を。

それに、届けなければいけない、この想いを。

私たちペイパーバックの歌に乗せて。

そして、私が準備できたタイミングを感じ取ったのか、大倉が細く伸びた指をピアノの鍵盤にそっと乗せた。

それが合図になって、私もマイクに顔を寄せる。

前だけを向いたまま、もう一度、大きく空気を吸い込む。

「『サヨナラの向う側』――」

新曲のタイトルは、最初に決まった。

それから昔の思い出をたどるかのように、歌詞のピースがはまった。

一度も、迷うことなんてなかったんだ。

「――時計の針が、八時を目指すと」

ペイパーバックの最後の舞台が始まった。

あとは、もうこの世界に入り込むだけだ。

「――さよならが近づく」

私の書き上げた歌詞にぴったりの、大倉の音。

昨夜完成したばかりなのに、ずっと前から歌い込んでいた曲のように感じる。

大倉のピアノの音と私の歌声が重なって、この会場の中に一つの音楽が生まれていた。

「――またねって、君は言うけど」

ずっと、抱えていた心臓の病。

突然、この世界からいなくなってしまった両親。

「――私は言えなかった」

ずっと、思っていたんだ。

なんで、私だけって。

なんで、私だったんだろうって。

「――きっと」

でも、そんな自分だからこそ書けた歌詞に違いなかった。

過去のやりきれない切なさだけでは、どうにも歌にはならなくて、だけどこの死という最初で最後の体験を通してこの歌は産声をあげてくれた。

「――もっと」

人との出会いと別れ。

生きることとの意味、儚《はかな》さ。

「――ぴったりの言葉があるのかな」

その言葉の一つ一つを、大倉の繊細なピアノの音が捉える。

大倉の指先が鍵盤に触れるたび、音の光の粒子みたいなものがポッと浮き上がる気がした。

そしてその光の粒子が、私の歌の一音一音に結びついて、また新たな音を奏でる。

今日が間違いなくペイパーバック史上最高の演奏だ。

大丈夫、これならいける。

私たち二人ならできる――。

でも、その時だった。

えっ。

急にマイクの音が消えた。

私の声だけが途端にこの空気から抜け落ちる。どうして、こんな時に。

私たちの前は桐沢のバンドだ。もしかして、あいつが何か細工をして……。ちらりと舞台袖を見ると、桐沢のにやりと笑う下卑た顔が目に入った。

――間違いない。あいつがやったんだ。桐沢なら裏で私たちの演奏に妨害を入れるよう仕組むこともできるはず。こんなハプニングも生放送にはつきもの、むしろ盛り上がるはず、とか言って……。

大倉もこの異変に気づかない訳がなかった。ピアノを弾きながらこちらに目を向ける。

私と視線が重なった。

――えっ。

私は思わず、さっきと同じように驚いた。

マスクを外した私の顔を初めて見たとか、マイクの音が急に消えたとか、さまざまな戸惑う要素があったはずだ。

でも、大倉は私と違って表情を一つも変えていなかった。

不安そうな様子なんて微塵もなかった。

いつもの表情。

私が一番、落ち着く顔。

トマトジュースを一気飲みした後のように満足そうに微笑んで、「大丈夫だよ」と私に言っているようだった。

そして大倉は、サビに入る寸前のところでピアノを弾くのを止めると、私に向かって小さく手を振った。

それが合図だった。

「――私はさよならは言わない」

アカペラだ。

昨日、大倉を説得した時と同じように、演奏も何もない状態で歌う。

大倉はその間ピアノを弾かずに、私に指先で魔法をかけるように、指揮を執った。

その光景はまるで、元からあった巧妙な仕掛けのようでもあった。

最初はトラブルが起こったと思っていたお客さんたちも、いつの間にかこの世界に惹き込まれている。

私自身も、この世界に存分に浸りきっていた。

現世にいるはずなのに、どこかここには存在していないような感覚。

体の力を抜けば、ふっとそのまま宙に浮いてしまいそうな浮遊感。

その永遠にも思えるような一瞬の中で、私は歌い続けた。

すると、一つ目のサビを終えてから、もう一度最後のサビに入るところで、マイクに音が戻った。桐沢が驚いた顔を見せる。こんなにも早く戻るなんて聞いていない、という感じだ。

でも私には見えた。ステージの袖で微笑む案内人さんが――。

音が戻ったことに気づくと大倉は、再び鍵盤の上に指を乗せる。

私の歌声に完璧に合わせた大倉の音。
私たちの音楽が、今一度この世界に戻ってくる。
これが、私たちの歌。
ペイパーバックの音楽。
私たちが、この世界に唯一残せるもの――。
「――ゆっくりと、優しい終わりが始まる」
ああ、なんだろう。
もっと、こうしていたい。
ずっと、歌い続けていたい。
今、生きているって気がする。
本当は、大倉ともっと一緒にいたかった。
慎ましやかでも、みんなでずっと一緒にいられるような幸せな未来を過ごしたかった。
大倉に別れを切り出したのは間違っていたのかもしれない。
私は勝手に未来を諦めていた。
自分から幸せになるのを避けていた。
自分から一人になろうとしていた。
会いたい人に会えるってこんなに素敵なことなのに。

誰かが傍にいるってこんなに幸せなことなのに。

きっと、これが生きるってことなのに――。

「――私はこれからおやすみ」

最後に、ピアノを弾く大倉の姿が見たかった。

「――でも幸せな夢を見続けるの」

けど今は、こんなタイミングで後ろを振り返ることもできない。

「――サヨナラの向う側で君に会えたらなんて言おう」

私の後ろで、私の大好きな人が、私の大好きな曲を奏でている。

「――ありがとうと愛してる」

もっと、その姿を見ていたかったな。

「――その五文字だけで終わりを迎える世界があれば」

もっと、歌っていたかったな。

「――それはどんなに素敵なことだろうね」

もっと、生きていたかったな――。

○

時計の針は午後八時に向かって迷うことなく進んでいる。私に残された時間ももうわずかだということを、その細長い針の先が指し示していた。

今は終盤のグループが演奏中。私たちは楽屋に戻ってきている。

たった一曲、それもフルコーラスではなく、半分だけしか歌っていないのに、ワンマンライブを終えた後みたいに疲れていた。

それだけの想いを込めた。全身全霊で歌った。今日の舞台にやり残したことはない。体の隅々の細胞まで使い尽くした。

それは大倉も一緒だったみたいで、倒れ込むように楽屋の椅子にもたれかかった。

「なあ、美樹」

「うん？」

「最高だったな」

大倉が笑って言った。

「うん、最高だった」

「舞台袖で桐沢の奴、めっちゃ悔しそうな顔してたよ」

「してたね」

「あいつの作戦も失敗だったけど、結局桐沢のバンドがコネパワー全開で優勝なのかな」

「コネパワーってワード、なんか響きが面白い」

「ってか俺たち、会場に戻らなくていいのかな」

「どうだろう」

「まあいいか、優勝とかどうでもいいし」

「最高の演奏できたもんね」

「コネパワー桐沢の顔ももう見たくないもんな」

「コネパワー桐沢って新たなパワーワード出すのやめて」

そう言い合って、同じタイミングで二人して笑った。緊張感から解放されたのもあって、けたけたと楽屋の中で笑い続けた。

さっきから当たり前のように以前のような言葉のラリーが行われている。

なんだか、すべてが懐かしく感じる。いつの間にか私たちを取り巻く空気は、いつもと同じものに戻っていた。

「美咲はさあ……」

「えっ?」

——でもその瞬間、周りの空気が変わった。

「あ、いや、間違えた。美樹だよな……、何言ってんだ、俺……」

大倉がすぐに訂正する。

でも、その瞳にはまだ迷いの色が見えた。

「なんか、舞台の上で歌っている姿が、あまりにも美咲そっくりで……」

大倉はそう、言葉を続けた。

私は、なんて答えればいいのか分からない。

さっき外したマスクは、もう一度私の顔を覆っていた。

「あの……」

できることならマスクなんて外して、すべてを取り払って洗いざらい、大倉に説明したかった。

だが、それをしてしまえばその時点で終わりだ。私が正体を明かした瞬間、大倉の前から私は消えてしまう。

タイムリミットが差し迫っているのは分かっているけど、今はこの時間をあと少しだけでも一緒に過ごしたくて……。

「……あの、私は美咲から大倉さんの話をたくさん聞いていて、それで、大倉さんは以前に大事な話があるって美咲に言っていたみたいだけど、それはなんだったの？」

話を逸らすつもりでもあったけど、前から抱えていた疑問を口にした。

ただ、その質問は思わぬ事実を明らかにすることになった。

「プロポーズしようと思ってたんだよ」

「へっ？」

あまりにも想像していなかった言葉が飛び出してきて、思わずその意味が一瞬分からなくなった。

プロポーズ？　大倉が、私に？

「あ、あの、二人は最近は付き合っていなかったのでは……」

「ああ、それで音楽もうまくいかなくなって、このままじゃまずいと思ったんだ。でも、この先別々になるなんてことは考えられなくて、それなら結婚すればずっと美咲と一緒にいられるって思ったんだ」

私はてっきりペイパーバックの解散話だと思っていた。

まさかそんな話を大倉がしようとしていたなんて、夢にも思わなかった。

「私……」

言葉を返そうとしたけど、出てこなかった。

「どうした？」

マスクをしているはずなのに、慌てて顔を隠した。自分でも分かる。

顔が綻んでしまいそうになっていた。

必死でこらえる。

もう死んでしまった私は、その気持ちに応えることなんてできないのだから。

こんなにも皮肉と隣り合わせの幸せな出来事ってあるのだろうか。

なんでこんな良いことばかり最後の最後に起こるんだろう。

お伽話と一緒で、エンディングにはやっぱり良いことが起こるみたいだ。

でも、ハッピーエンドの向う側に私はいけない。

だって私の物語は、本当ならもう既に終わっている。

特別に与えられた最後の時間も、残りわずか。

壁にかけられた時計の針は、今にも午後八時を指そうとしている。

七時五十七分。

――私がこの世界にいられる時間は、あと三分しかなかった。

まるでどこかのヒーローみたいに。

「……高校時代に大倉さんから告白された時、美咲は本当に嬉しかったって言ってた。まさかゴリラの檻の前で言われるとは思わなかったみたいだけど」

「あの時は、突然湧きあがった気持ちを抑えきれなかったんだよ。グラスからこぼれ落ちて泡になるみたいに」

「コネパワー桐沢の歌詞やめて」

そこで二人で一緒に声をあげて笑った。

こんな最後の時でも大倉はいつもの調子だ。いや、これが最後の時間って知っているのは私だけなんだ。大倉は、私がこのまま姿を消してしまうことを知らない。

でも、あの舞台上でも、ずっといつものままでいてくれたように、大倉には最後の時までその姿でいてもらいたかった。

たとえ「三分後に隕石が地球に衝突します」と言われても、大倉には日常と変わりないなんの気なしの姿でいてほしい。

大倉の、そのいつものままの姿が、私を一番、安心させてくれた。

七時五十八分。

――残り時間、二分。

「そういえば、中学の頃に美咲が親を亡くした時、傍にいてくれたのは大倉さんだったんだよね。それから美咲のことをずっと傍で守ってくれた。中学の時に海で溺れた時も助けてくれて、高校ではストーカーを一本背負いで倒してくれて、大学では痴漢の男を捕まえて、美咲のことを助けてくれたって、本当に嬉しかったって……」

ただ私は感謝の想いを大倉に伝えたかった。

最後にこんな舞台に立たせてくれたこと、そして幼い頃に出会ってから今までのこと。

それを美樹の口を通して伝えようと思った。

残された時間で私にできることはそれくらいだったからだ。

だけどそこで、大倉は意外な言葉を口にした。

「……そのことなんだけど、実は少しだけ訂正すべき点があるんだ」

「訂正すべき点？」

「大学の時に痴漢を捕まえたのは間違いないんだけど、中学の時に海で溺れた美咲を俺よりも先に助けたのは別の人なんだ。フードを目深に被った女性で、顔は見えなかったんだけど。その後に介抱をしたのが俺なんだよ。……そもそも俺泳げないし。だから昨日波打ち際に行くのを避けてたんだよ。俺、海って少し怖いんだ、夜じゃなくても」

「確かに……」

そういえば大倉は海から少し離れた場所を選んでいた。思い出の中でも泳いでいる姿を見たことはない。泳ぎは苦手だから私のことを助けられる訳もなかったんだ……。

でも、どういうことだろう。

記憶の中を探ろうとしても、私は溺れて意識を失っていたので、その女性を思い出せそうにはなかった。

「高校のストーカーの時もそうだよ。美咲は走って逃げていたから分からなかっただろうけど、一本背負いでストーカーを倒したのは、俺じゃなくてプロレスラーみたいなマスクを顔につけたガタイのいいおじさんだったんだ。俺はその後すぐに美咲の傍に駆けつけて……」

「そうだったの……」

また新たな人物が現れた。

今度は、男性だ。

「今まで美咲にずっと黙ってたのはさ、その女性にもおじさんにも、『君が守ってあげたことにしてほしい。それと、これからは美咲のことをよろしく』って言われたからなんだ」

「君が守ってあげたことに……」

もしかして、私を守ってくれたその二人は――。

七時五十九分。

――残り時間、一分。

「……大倉さん」

「うん？」

「それでも、ずっと美咲のことを傍で守ってくれたのは大倉さんだよ」

私の中の、嘘偽りのない言葉だった。

混じりけのない、純粋な大倉への想いだった。

「そう言われると、なんか照れるな」

今はただ、この胸の中に溢れる想いを、そして感謝を、大倉に伝えたかったのだ。

――残り時間、五十秒。

私は、そこで大倉の目の前で、マスクを外した――。

「……ねえ、大倉」

「えっ？」

「今までありがとう」

「……今まで？」

――残り時間、四十秒。

「大倉のおかげで私は寂しくなかった」

「寂しくって……」

「大倉はこれからもずっとそのままの大倉でいてね」

――残り時間、三十秒。

「でも、トマトジュースばっか飲みすぎちゃだめだよ」

「お前……」

「体に気をつけて、これからも大好きな音楽を続けて」

――残り時間、二十秒。

「私、本当に大倉に出会えて良かった」

「やっぱり……」

「こんなに幸せになれるなんて思ってもみなかったよ」

――残り時間、十秒。

「ありがとう、大倉」

「美咲……」

「愛してる」

時計の針が、午後八時を指した——。

○

さよならの向う側へ戻ってきた美咲の頬は、涙で濡れていた。

嬉しい涙なのか、悲しい涙なのか、そのどちらなのかは美咲自身にも分からない。

ただ、胸の奥は温かな幸福感で満たされていた。

「……私には、充分すぎるくらいのハッピーエンドだったよ」

「……それは何よりです」

目の前の案内人が柔らかな口調で言う。

「……最高の舞台で歌えた。大倉ともちゃんとさよならできた。本当にこの最後の再会のおかげだよ。……ありがとう案内人さん、マイクの時も助けてくれて」

「私は大したことはしていません。美咲さんが最初から最後まで一生懸命ご自身で選択した結果、こんなにも素敵な最後の再会を迎えられたんです」

案内人が穏やかに微笑む。

そして美咲は、先ほど大倉と話して初めて気づいたことを口にした。

「……それに、びっくりしたよ。中学と高校の時、私を守ってくれたのは、お父さんとお母さんだったんだね」

案内人は、その答え合わせが正しいことを示すかのようにただ微笑んだ。

それだけで、美咲には十分だった。

ずっと、父と母は美咲を守ってくれていたのだ。

そして、そのバトンを大倉に繋いだ。

「……私の人生は、少し短かったけどいい人生だった。誰かがずっと傍にいてくれたんだもん」

「それは、何よりも素晴らしいことだと思います」

案内人は、まるで自分のことのように心からの笑顔でそう言った。

「それに、やりたいことはなんでもやるって、最後まで駆け足で日々を大切に生きることもできたからね」

「美咲さん、実はですね、私も、その想いは一緒なんですよ」

「私と案内人さんが一緒？」

思ってもみなかった言葉に、美咲は目を丸くする。

あののんびり屋の案内人に、駆け足なんてイメージはまったくなかった。

「そんなに意外ですか？」

美咲が夏目漱石の一節を引き合いに出した時のお返しと言わんばかりに、案内人が笑顔で言った。

「まあ、多少はね」

美咲もふっと笑って言葉を返すと、案内人が答えを明かす。

「私もじっくりと日々を味わって過ごすことで、毎日を大切に生きてきたんだと思います」

「そういうことか……」

美咲は案内人の言葉を聞いて納得する。

駆け足でやりたいことをやって日々を生きること。

じっくりと日々を味わって過ごすこと。

それは反対のように思えて、実はほとんど変わらないことだった。

始まりと終わりがある人生だからこそ、二人はそれぞれのやり方で毎日を大切に生きたのだ。

「……ねえ、案内人さん」

「どうしましたか？」

美咲の問いかけるような言葉に、案内人が応える。

「……私を生き返らせてくれてありがとう」

しかしその不意をついた言葉に、案内人は少しだけ首を傾げた。

「どういうことでしょうか？　私がしたのはあくまでただの案内で……」

美咲は、言葉を続ける。

「生きるってさ、きっと誰かとの関係性があることなんだね」

「誰かとの、関係性……」

「うん、だって死んじゃったらおはようもおやすみも、ただいまもおかえりも誰にも言えなくなるでしょ。だから、もしも現世にいたとしても、透明人間みたいに誰にも気づかれずに、ずっと一人で誰とも関係性も何もないままでいたら、それって生きていないのと同じだと思ったんだ……」

美咲は、まっすぐに案内人を見つめる。

「……舞台の上で歌っている時、気持ちは良かったけど、歌を聴いてくれる人や、ピアノを弾いてくれる大倉がいなかったら、全然意味がなかった」

美咲は、言葉を紡ぎ続ける。

「やっぱり生きるって、きっとそういう、誰かとの繋がりがあることなんだよ。誰かから自分の存在を認識されて、初めて生きているんだって思える。だから、私はまた生き返ったって思えたんだ。誰かと会って話したり、一緒の時間を過ごすってことは、本当にかけがえのないもので、大切な人が傍にいてくれることはこんなにも幸せなことだったんだね。だから、いつも誰かが傍にいてくれた私の人生は、思ったよりも短かったけど、いい人生だったって思えたんだよ……」

美咲はそこまで言ったところで、あることに気づいた――。

「……なんで、案内人さんが泣いているの？」

涙を流す案内人に気づいた時、美咲の頬にも、自然と涙が伝った。

「……分かりません。勝手に、こぼれてきて」

涙を拭うが、次から次へと瞳からこぼれ落ちてくる。

「……美咲さんだって、なんで泣いているんですか？」

「……そんなこと言ったって、私にも分からないよ」

二人とも、やっぱり涙が止まらなかった。

きっとその涙には、嬉しさも悲しさも、幸せも苦しみも、そのすべてが含まれている。

二人の先には、最後の扉だけがある。

これからが、本当のお別れ。

最後の、さよなら――。

「美咲さんの歌はこれからも残り続けます。みんな、忘れません。だから、美咲さんと大切な人たちとの関係性はこれからもずっと、ずっと……、残り続けます……」

案内人は、精いっぱい声を振り絞ってそう告げた。

「そっか、そうだよね……」

美咲は小さく頷く。

そして、最後の扉の前に立つと案内人の方を向いてから微笑んで言った。

「それがきっと、人の心の中に生き続けるってことなんだね」

美咲は幸せそうに笑ってから、最後の扉を開けた——。

最終話　長い間

「あなたが、最後に会いたい人は誰でしょうか？」

谷口健司《たにぐちけんじ》は、まだこの事態についていけていなかった。この不思議な空間で目を覚ましたはずだが、うすぼんやりと夢の続きを見ている気さえする。夢の中の夢で起きた。だから今はまだ夢の中。そう思った方が自然なくらいだった。

「谷口さん、あなたに訊いているんですが……」

先ほどの質問をしてきた男が、若干やきもきした様子で谷口に再度声をかける。

案内人と名乗ったその男。谷口は目をしばたたかせて、目の前の相手の顔をもう一度見る。

「すみません、まだちょっと訳が分からなくて……」

谷口が申し訳なさそうに頭を下げる。案内人はこれといって嫌そうな顔も見せずに慣れた口調で質問を変える。

「なぜ谷口さんがここへ来たかは分かっていますか？」

「それがよく分かっていないんです、私はさっきまで確かに路上にいたはずなのに……」

と、谷口は頭の中を探るように話し始めてから、「あっ」と言った。

「そう言えばあの女性は！　無事でしたか!?」

谷口が、あることを思い出して声をあげる。切迫した事態が目の前で起こっていたのだ。

夜の路上で暴漢に襲われている女性の姿を見て、無我夢中で助けに入った。そして、途中で谷口は意識を失ってしまった。

「あの女性の方はご無事ですよ、それに犯人の男も捕まりました」

「それは良かった、本当に良かった。一件落着ですね……」

殊更満足そうに微笑む谷口に、今度は案内人が申し訳なさそうな顔をして言った。

「あのー、無事でも、一件落着でもなかったのが、谷口さんで……」

「えっ？　私がですか？」

「谷口さん、もう死んでいるんですよ」

「えっ？」

谷口は、本当に思い当たる節がなかったようで、素っ頓狂な声をあげる。

そしてさっきと同じ言葉を繰り返した。

「私がですか？」

◆

「ここまで自覚のない方も珍しいですよ。みなさんそれなりにご自身の死には気づかれますから……」

「昔から抜けているところがあるって言われるんです、ははっ……」

谷口は照れ隠しのためか小さく笑って見せたが、その声も徐々に乾いたものに変わる。

「そうですか、私は死んでしまいましたか……」

谷口の笑顔は彼方に消えてしまった。

そして、大切なものを思い返すかのように、ある人の名前を呟く。

「葉子《ようこ》……」

谷口の、最愛の女性の名だ。

「すまない……」

谷口の想い出の中で、葉子はいつも笑顔のままでいる――。


二人が結婚したのは、谷口が二十八歳、葉子が二十五歳の時だった。

出会いは職場、地元の郵便局。谷口の一目ぼれである。でも、谷口は女性に対して積極的にいけるタイプではなく、最初の食事の誘いをするのに半年もかかった。しかも、その最初の誘いはあっけなく断られてしまったのだ。

そこで谷口は、最初から食事というのはハードルが高かったかと思い直して、今度は仕事終わりの散歩に誘った。すると葉子は応じてくれた。その初めての散歩の時に、食事の誘いを断ったのは、その日に家族の誕生日のお祝いがあったためだと教えてくれた。そのことを告げなかったのも、前回は葉子が理由を言う間もなく谷口が意気消沈して去ってしまったのが原因だと分かった。

それからごく自然なことのように、示し合わせた訳でもないのに週一回、月曜日が二人の散歩の日になった。

そして、それがいつの間にか月火、月火水と続いていって、毎日のように一緒に二駅分の道を散歩して帰るようになった。

そんな二人だけの時間を過ごして三か月が経った頃、谷口は言った。

「今度、お食事でも行きませんか？」

その言葉に葉子は、「ようやく誘ってくれましたね」と笑って答えた。

谷口が思いの丈を伝えたのは、それからまた三か月が過ぎた頃だ。何度目かの食事を終えて、いつものように二駅分の道を並んで歩いていた時のこと。

横断歩道を渡る前、赤信号で立ち止まった時、ふと谷口は手を差し出して言った。

「私の隣を、これからも一緒に歩んでもらえませんか？」

谷口は自分で言ってから、まるでプロポーズのような言葉だと思ってしまった。

葉子も、すぐには答えてくれなかった。

早まった……。自分らしくないことをしてしまったと、谷口は思った。

でも、葉子は口を開いた。

「青になりましたね」

そう言って微笑んでから、宙をさまよっていた谷口の手をそっと掴んだ。

それが答えだった。

谷口が葉子の手をぎゅっと握ると、葉子もぎゅっと握り返してくれた。

こうして二人は結ばれた。

そして、谷口と葉子はそのままとんとん拍子で結婚をする。新居は習志野《ならしの》の古いアパートだった。

――そんな結婚生活が唐突に終わりを迎えたのは、二人が暮らし始めて二年が経つ頃だった。その日、葉子は体調を崩していて、谷口特製の卵粥を食べた後に横になって夜を過ごしていた。

テレビには、直感や連想力で答えるようなクイズ番組が映っている。

葉子はテレビを観てもいなかったから、番組を観ながら頭を捻っていたのは谷口だけだった。

そんな時に、葉子がぼそっと呟いた。

「……何か、甘いものが飲みたいです」

その言葉を聞いて、谷口はもうクイズなんてそっちのけで、外に出る支度を始めた。

「甘いものって何がいい、おしるこかい、それともココアとかかい」

「うーん、どうでしょう。自分でもはっきり決まってなくて」

「それならそれでいいさ。のんびり近くの自動販売機まで歩きながら一番いいのを考えておくよ」

「じゃあそれでお願いします」

「ああ、そのままゆっくり横になっていていいから」

きしむアパートの階段を、他の住人の迷惑にならないようにそろりそろりと下りる。自動販売機まではそう遠くない。甘いもの、何がいいだろうか。さっきのクイズ番組ではないけど、もう一度頭を捻った。

菓子からこんなリクエストを受けるのも珍しい。自動販売機の前に着いてから決めるのも悪くない。使いを急に頼まれたのに、なんだか谷口は幸せな心地がした。歩きながら、思わず当時の流行りの曲を口ずさんだりするくらいだった。

「さて、どうするか……」

暗がりの中にぽっと灯る自動販売機の前で、並んだ飲み物とにらめっこする。

そしてしばしの時間が経ってようやく買うものを決めた時、少し離れた所で声が聞こえた。

――なんだろう。

声のする方へ近づいてみると、一人の女性が地面に手をついていた。

最初は、何が起こっているのか分からなかった。

その時、街灯の明かりに照らされて、今にも女性に掴みかかろうとする大柄な男の姿が浮かび上がった。

「おい、何やってるんだ！」

谷口は、なんの躊躇《ちゅうちょ》もしなかった。

気づけば矢のように走り出して、男と女性の間に割って入った。

咄嗟に大柄な男は、胸ポケットに手を突っ込む。

そしてナイフを取り出した。

次の瞬間、その凶刃が谷口の腹に突き刺さる――。

女性がひときわ大きな悲鳴をあげると、男はすぐさま逃げ出した。

「……だ、誰か！　きゅ、救急車ー！」

谷口の耳に届く女性の声が、徐々に小さくなっていく。

視界もぼんやりと霞んでいく。

そんな谷口の薄れゆく意識の中で最後に浮かんだのは、葉子の顔だった。

何気ない日常の、いつも通りの景色の中で、柔らかな笑顔を見せる葉子。

なぜだか分からないけれど、そんな葉子の顔を思い出して、地面にうずくまりながら谷口はかすかに微笑んだ。

それが、谷口の最期だった――。


――そして今、この案内人の目の前にいる。

すべてを思い出した後で、谷口はどうしようもない絶望感に呑み込まれた。

もう自分は、葉子のいるあの世界には二度と戻れないのだ。自分の死を実感すると、途端に指の先まで震えるような気さえする。

あまりにもあっけない命の終わり。

こんな唐突な結末を迎えるなんて、思ってもみなかった……。

「……思い出しました。私は、確かに死んでしまったんですね」

「その通りです」

案内人が、コクリと頷く。

本当は何かの間違いだと言ってほしかった。ただ、記憶も何もかもが鮮明でリアルで、その事実に抗うことなんてできやしなかった。

そして、案内人は人差し指を、すっと立てた。

まだ、話は終わっていないと告げるように。

「あなたには、残された最後の希望が一つだけあります」

「最後の希望？」

「あなたは最後に一日だけ、現世の会いたい人に会いに行くことができるんです」

その言葉を聞いて、谷口は瞬時に言う。

「葉子に会いに行かせてください！」

迷いはなかった。

他に選択肢はなかった。

でも――。

「残念ながら、それはできそうにもないんです」

「なぜ！」

さっきまでとは別人のような谷口の切迫した剣幕に、案内人も苦しげに答える。

「……これから谷口さんが会いに行けるのは、まだあなたが死んだことを知らない人だけなんです」

「私が死んだことを知らない人だけ……、あっ、だから葉子は……」

「ええ、谷口さんが死んでから一週間が経過して、既に葉子さんが喪主となって葬儀も終えています」

「そんな……」

あまりにも、やりきれない。

最後の希望というにはとんだ期待外れで、希望どころか谷口にとっては、更なる絶望の底に落とされた気分だった。

「……なんとかならないんですか？」

「……決まりなので」

「その決まりを破ってもらえないかとお願いをしているんです。もし私が無理やり葉子に会いに行ったらどうなるんですか？」

「会ったその瞬間に、谷口さんの姿は消えてしまうでしょう。会話の一つもままならないかもしれません」

「なんでそんな……」

やりきれなさで、言葉にならなくて声がかすれる。それでも、谷口は振り絞るように声をあげた。

「何か他に策はないんですか？　抜け道みたいな方法とか！」

「実際にその方に会いに行くとなると、どうしても厳しいかと。別人の振りをしても谷口さんにとっては意味がないでしょうし、そもそもその方法が成功するかどうかも分かりませんし……」

「ええ、別人の振りをして会いに行ったって意味がありません、私はこの手でもう一度ちゃんと葉子を抱きしめたいんです！　他に方法はないんですか？　ほら、神の与えた試練をいくつか乗り越えたら、もう一度生き返らせてくれるとか、そういうことはないんですか！」

「……ありません、残念ながら」

「お願いします、私はなんでもやります。もう一度葉子に会うためなら、地獄でも、どんな所でもくぐり抜けるのに……！」

「……すみません、谷口さん」

どんな言葉をなげかけても、谷口の望む答えは案内人から一つも返ってこない。会話は平行線をたどるばかりだった。

「……谷口さん、誰か他に会いたいと思えるような相手はいませんか？　葉子さん以外の方を思い浮かべてくれないと、谷口さんは最後の扉をくぐって生まれ変わりを迎えることもできないんですよ」

「……そうは言われても、いないんです」

谷口の答えは変わらない。

「……今は、生まれ変わりなんて言われても、到底そんな気にはなれません」

意固地になっている訳ではない。

本当に、谷口はそう思っていたのだ。

「私が心から最後に会いたいと思える相手は妻の葉子しかいないんです」

「……それは、困りましたね」

本当に、案内人も困っているようだった。

そこで案内人は、一つの提案をする。

「もう少しここで考えてみてはもらえませんか？　それで何か他の良い案が浮かぶかもしれません。ここにいてもらっても、同じ場所に他の誰かが来る訳でもありませんから」

「ありがとうございます、そうさせてください。それで今は十分です、ご面倒をおかけします」

「いえ、いずれ自分の中で納得のいく答えを出してもらえればそれでかまいませんから。それではまた頃合いを見て会いに来ます。私は他の方も案内しなければいけないので」

そう言って、案内人は姿を消した。

何もない空間の中に、谷口は一人になる。

そして、生前に会った人のことを思い返そうとしてみた。

でも、真っ先に浮かんだのはやはり葉子の顔で、他には誰も思い浮かばなかった。

◆

案内人が再び姿を現したのは、それから二日後のことだった。

「あれから約四十八時間が経過しましたけど、何か思い浮かびましたか？」

「いいえ、まだ」

案内人もそんな答えが返ってくるのを予想していたのかもしれない。なぜなら谷口の表情が二日前とまったく変わっていなかったからだ。

「……もう少し考えてみますか？」

「ええ、そうしてみます」

「まあ、幸いというべきか、既に亡くなっている谷口さんは、この空間ではお腹が空いて苦しんだりすることもありませんからね。そこは安心してください」

「考え事をするにはちょうどよさそうです」

「それは良かった。私もできるだけ早く良い案が思い浮かぶのを心から祈っています」

◆

そう言って姿を消した案内人は、今度は一週間後に姿を現した。

「お久しぶりです、谷口さん。さすがにもうご自身の中で答えが出たのではないでしょうか？」

「実はそれがまだ……」

「……そうですか」

案内人が憮然とした表情を浮かべる。

谷口は真剣に考えたものの、まだ答えを出せていなかったのだ。

「まあ、これは不幸というべきか、既に亡くなっている谷口さんは、この空間では眠くなったりすることもないんですよ。だからずっと考え続けてしまいそうですが、あまり思い詰めないでくださいね」

「いえ、考える時間がたくさんとれてありがたい限りです」

「……それは良かった。次は確実に谷口さんが答えを出しているであろうタイミングに伺います」

◆

——一か月後。

三十日。七百二十時間。

何もないこの空間でずっと一人きりで過ごしていれば、常人なら気がふれてもおかしくなかった。案内人が姿を現すと、そんな心配をよそに、谷口はけろっとした顔を見せた。

「お久しぶりです……と言いたいところですが、それは一週間後の時に使ってしまいましたからね。一か月ぶりの時はなんて言えばいいのか分からないですね。体調などお変わりないですか、谷口さん？」

「ええ、この通り、ぴんぴん、元気でやっていますよ。ああ、まあ死んでいるんですけどね」

確かに谷口の様子にまったく変わりはなかった。あれからずっとこの場所に一人きりでいたとは到底思えないくらいに。

「……それでは、答えを聞かせてください。あなたが、最後に会いたい人は誰でしょうか？」

「葉子です」

即答だった。

「……」

「答えに変わりはありません」

「…………困りましたよ、心から」

案内人はがっかりするというより、もはや呆れているようにも見えた。

「こんな何もない場所で一人きりで考え続けるというのは、地獄で過ごすよりもよほど辛いはずなんですがね」

「すみません、ご迷惑をおかけします」

「いえ、私にかかっている迷惑なんてほとんどあってないようなものですから。ただ困っているのは事実です。せめて次に私がここに来るまでには答えを出しておいてもらいたいです」

「そうですね、私もできるだけ努力します」

「……お願いします」

◆

——三か月後。

「谷口さん、答えは出ましたか？」

「出ません」

「谷口さんが会いたい人は……」

「葉子です」

「……そうですか」

ほんの少し肩を落として、案内人が去っていく。

◆

――半年後。

「谷口さんが会いたい人は……」

「葉子です」

「……また来ます」

今度は大して粘りもせずに、案内人は消えていった。

◆

――一年後。

「一年経ちましたけど、谷口さんの会いたい人は……？」

「葉子です」

うん、と頷いて案内人が去っていく。

◆

――三年後。

「やっぱり谷口さんの会いたい人は葉子さんですか？」

「そうです」

◆

――――十年後。

「……谷口さんの会いたい人は――」

「葉子です」

「だよね、分かってた。訊くまでもなく」

十数年経っても谷口の見た目に変わりはない。ここでは時間の経過による老いはないのだ。

「いやあ、もう谷口さんとも十年以上の付き合いだもん。友達みたいな気分になっちゃったよ」

見た目が変わらないのは案内人も同じであり、強いて言うなら一番変わったのは、案内人のその、谷口に対する口調だった。

「なんだかこうしてみると私たちも不思議な間柄ですよね」

案内人の言葉に微笑んで返すくらいの余裕はまだ谷口にもある。十数年経ってもその見た目同様、谷口の心も変わりはなかった。

「それにしても谷口さんみたいな人、本当に初めてだよ。普通の人なら絶対にこんな生活耐え切れないから。地獄だよ地獄、無間地獄」

「私は普通ではないのかもしれませんね」

そう言ってまた谷口が微笑む。

その言葉を証明するかのごとく、谷口はこれまでにこの現状に対して不平不満の一つも言わなかった。谷口が限界を感じるような異変があれば、案内人はすぐに駆けつけるつもりだった。谷口のことを常に気にかけていた。でもその必要も、この十数年の間に一度もなかったのだ。

そしてこの日、案内人が再び谷口の前に姿を現したのには理由があった。

――ある、提案をしようと思ったのだ。

「……谷口さん、あんたさ」

そしてその提案は、谷口もまったく予想していなかったものだった。

「――案内人になってみるかい？」

「えっ？」

「俺の代わりさ。そろそろ俺もお役御免で生まれ変わりを迎える時が来たみたいなんだよ。だから後任を探してた。谷口さんみたいに忍耐強い人ならこの仕事にぴったりだよ。ここには偏屈な人も時々来るからさ」

「それはつまり……、私みたいな人のことですよね」

「そう、その通り」

案内人が首を大きく振って頷くと、お互いに笑みがこぼれる。

「この話、受けてくれるかい？」

それから案内人は間《ま》を取って意味ありげに言った。

「……長い間、ここで待つことになるけれど」

「長い間、ここで待つ……」

なぜ、案内人がこんな提案をしてきたのか。考えてみれば不思議な話だった。しかしこの時、何かと察しの悪い谷口も、案内人の意図するところに気づいた。

「……是非、そのお話を受けさせてください」

案内人は、自分のためを思ってこの案内人の役を引き継がせようとしてくれている。

その想いを、受け取らない訳にはいかなかった。

「良かった、谷口さんならそう言ってくれると思ったんだ」

案内人が、今までに見せたことのないすっきりとした笑顔を見せる。

「あっそうだ、案内人になると、誰かを案内するたびに望むものを報酬としてもらえるんだ。谷口さんは何か欲しいものはあるかい？」

「そうですね……」

その言葉に谷口はあまり考えもせずに答えた。

あの時、葉子に頼まれて買いに行こうとしていたもの――。

「それならマックスコーヒーを二本、お願いします」

「……マックスコーヒー？　そんなものでいいの？　もっと豪勢なものでもいいんだよ」

「使いを頼まれたところだったので」

「なんて安上がりな男だよ。十年以上こんな所に一人でいたのに欲しいものがそんなものなんて、偏屈にもほどがある」

「そう、その通りです。私は偏屈な上に忍耐強い男なんです」

ぷっ、と先に案内人が噴き出して、それに合わせて谷口も思わず手を叩いて笑う。

その光景は、まるで、十数年来の友人同士のようだった。

「……それじゃあ谷口さん、今日からあんたが案内人ね」

「はい、頑張ります」

「頑張りすぎないでいいよ。マイペースがこの仕事にはちょうどいいくらいだ」

「それなら私の得意分野です」

「最初から最後まで谷口さんはマイペースだったもんな。のんびり屋というか、牧歌的というかなんというか、やっぱり案内人にぴったりだと思うよ。あんたならきっとここを訪れる人をちゃんと見守ってくれる」

それから案内人は、パチンッと指を鳴らす。

すると、目の前に真っ白な扉が浮かび上がった。

「それじゃあ谷口さん、達者でな。あんたに出会えたことで、俺にとっては新しい発見がいっぱいあったよ。やっぱり人との出会いってものは面白い」

「ええ、私も死んだ後にこんな出会いがあるなんて思ってもみませんでした。案内人さんもお達者で」

そして谷口は、この上ないありったけの感謝の気持ちを込めて最後の言葉を述べた。

「本当に、最後までありがとうございました……」

ありがとう以上の言葉が見つからないのがもどかしいくらいに。

「……最後じゃないさ、これからまた谷口さんにとっては始まりだよ。それにしても不思議なもんだよな、俺が見送られる立場になるなんて思いもしなかったよ。こっちこそ最後に言いたい言葉はありがとうだよ、谷口さん――」

◆

新たな案内人――谷口は、名前も何もない乳白色のこの空間に『さよならの向う側』という名をつけた。現世にさよならを告げた後に訪れる場所、という意味でぴったりだと思ったのだ。

そしてここで、さまざまな人たちの最後を見送った。最初こそ勝手が分からず、うまくいかない時もあったが、懇切丁寧な対応を心がけて案内をした。

そうしているうちになぜか、本来谷口自身の見た目には変化は訪れないはずなのに、髪の毛だけがいつの間にか真っ白になった。それが流れた月日の長さを表しているのかもしれない。

案内人として、どれだけ案内しても、そのどれも昨日のことのように思い出せる。

このひと月の間に案内した相手のことを思い返しても、心に残る特別なものがあった。

中学の理科教師の彩子の最後は、あまりにも愛おしいものだった。

漆器職人の息子の山脇は、最後に親とのわだかまりを解消して素直になることができた。

猫の幸太郎も、最後に最愛のご主人との別れを果たすことができた。

歌手の美咲は、最後にこの世界に歌を残して、人との繋がりの大切さを教えてくれた。

命はどれも一様に美しかった。

尊かった。

そして儚かった。

また何度も知ることになった。

別れは誰にでも突然、訪れるということを。

会いたい人にいつ会えなくなるかは誰にも分からない。

会いたいと思っていても会えなくなる時はやってくる。

だから、日々を後悔のないように生きたい。

大切な人の前では素直でいたい。

その想いを、いつも忘れずに伝えて届けたい。

そして、谷口が心の底から会いたいと思っていた相手との再会は、そんな多くの出会いと別れを重ねた後に、さっと吹く春風のように訪れた。


「あなたは……」

美咲との別れの後に、新たにさよならの向う側を訪れた女性がいた。

年齢は七十歳くらいだろうか。

目を覚ましてから谷口の顔を見るなりそう言ったのだ。

髪には白髪が交じっており、目じりに刻まれた小さな皺は、その人の柔和な雰囲気を醸し出しているようにも見える。

そして、その女性の言葉にやや遅れてから、谷口もはたと気づく。

姿は大きく変わっても、その声はほとんど変わっていなかった。

「葉子……」

目の前に姿を現した女性。

その相手こそ、谷口の生前の妻、谷口葉子だった——。


あの時、先代の案内人が提案してくれたことの本当の狙い。

それは、谷口をなんとかしてもう一度、妻の葉子と会わせることだった。

先代の案内人は、この案内人の職を谷口に引き継がせることで、葉子がいずれここに来た時に再び会えるようにと、提案したのだ。

それが、先代の案内人が十数年をかけた谷口への最後の案内だった。

谷口もまた、その想いに応えてここで一人、年月を重ねた。

もう一度、葉子の夫として会って、話をするために。

そして、この腕の中にもう一度、抱きしめるために。

いつ葉子がここにやってくるかは分からない。

どれだけの月日が流れるのかも分からない。

それでも谷口はこの場所で、案内人として待ち続けた。

そしてとうとう、この待ち望み続けた瞬間が訪れた。

目の前に葉子が現れたのだ。

この時、谷口が亡くなってから既に、四十年もの歳月が流れていた——。

「……こんなに、歳を取ってしまいました」

谷口の見た目は、別れの日の三十歳の時のまま。

葉子だけが年月を重ねて、六十七歳を迎えていた。

「……君は変わらないままだよ、ずっと」

谷口はゆっくりと首を横に振った。

「……でも、長い間待たせてしまいました」

葉子が谷口の真っ白になった髪を見つめてから言ったその言葉に、谷口はいつもの口癖のように返す。

「私は、待つのは嫌いではないんだよ」

穏やかな表情で言葉を続ける。

「忍耐強さを先輩からも褒められるくらいにね」

そして、胸ポケットから、あるものを取り出した。

「それに、私の方こそ君を長い間待たせてしまった」

二本のマックスコーヒーだ。

その一本を、しっかりと葉子に手渡す。

「……もう、どこまで買いに行っていたんですか」

葉子が、そこで初めて小さく笑った。

そんな菓子の柔らかな笑顔を見て、谷口も思わず笑顔になった。

この四十年間を思い返す。色んなことがあった。

一人で過ごし続けた最初の十数年間。

口には出さずとも、不安はずっと抱えていた。

そして、先代から引き継ぎ、自らの案内人としての生活が始まった。

最初の頃は、こんな大役を自分が務めてもいいのかと迷いもあった。

このさよならの向う側で、谷口は一人だったのだ。

でも、そんな谷口を救ってくれたのもまた、ここを訪れる人たちとの新たな出会いだった。

さまざまな出会いがあった。

いくつもの別れがあった。

そして、その人たちから教えてもらった。

きっと、どんなことが待ち受けていようと、最後には大切な人に会いに行くことを選ぶものなんだと。

誰もが、そうだった。

他ならぬ自分も、そうだったのだ。

大切な誰かが傍にいてくれることは、こんなにも幸せなことなのだから——。

「……君に、ずっと言いたかった言葉がある」

谷口が、葉子の顔をまっすぐに見つめて微笑んだ。

「ただいま、葉子」

そう言うと、葉子が目じりに深く皺を作ってから柔らかな笑顔で応える。

「おかえりなさい、健司さん」

そして、二人は今までの長い間を埋めるかのように、ゆっくりと抱きしめあった。

――谷口は、今日もさよならの向う側で待っている。

あともう少しだけ、時間をもらったのだ。

それは葉子と共に過ごす時間でもあり、まだ案内人としてここにいるためのものでもあった。

ここを訪れる人が寂しくならないように。

悔いのない最後の再会をできるように。

ポケットには、マックスコーヒーを二本、用意して――。

そしてまた、新たな人がさよならの向う側を訪れる。

案内人の谷口は目を覚ますのを待ってから、ゆっくりといつもの言葉を口にした。


「あなたが、最後に会いたい人は誰ですか？」

―終―

◎本書は書き下ろしです。

装画……………いとうあつき

装丁…………大岡喜直（next door design）

清水晴木（しみず・はるき）

千葉県出身。東洋大学社会学部卒業。2011年、函館港イルミナシオン映画祭第15回シナリオ大賞で最終選考に残る。2015年、『海の見える花屋フルールの事件記　〜秋山瑠璃は恋をしない〜』（TO文庫）で長編小説デビュー。以来、千葉が舞台の小説を上梓し続ける。著書に『さよならの向う側 i love you』、『海の見える花屋フルールの事件記　秋山瑠璃は恋を知る』、『緋紗子さんには、９つの秘密がある』、『体育会系探偵部タイタン！』、『星に願いを、君に祈りと傷を』がある。

さよならの向《むこ》う側《がわ》

２０２１年６月26日　初版発行
２０２２年11月20日　第７刷発行

著者　清《し》水《みず》晴《はる》木《き》
発行人　子安喜美子
編集　佐藤　理
印刷所　株式会社広済堂ネクスト
発行　株式会社マイクロマガジン社
URL:https://micromagazine.co.jp/
〒１０４-００４１
東京都中央区新富１-３-７　ヨドコウビル
ＴＥＬ．０３-３２０６-１６４１　ＦＡＸ．０３-３５５１-１２０８（販売部）
ＴＥＬ．０３-３５５１-９５６３　ＦＡＸ．０３-３５５１-９５６５（編集部）

ISBN978-4-86716-140-1 C0093